ESSAI

SUR LES COURS D'AMOUR,

Extrait des Mémoires de la Société royale des Sciences, de l'Agriculture et des Arts de Lille. — 1841.

ESSAI

SUR LES COURS D'AMOUR,

Par Frédéric DIEZ,

Professeur de belles-lettres à l'Université de Bonn;

TRADUIT DE L'ALLEMAND ET ANNOTÉ

Par le baron Ferdinand DE ROISIN,

DOCTEUR EN DROIT;

Membre correspondant des Sociétés d'Agriculture, des Sciences et Arts de Lille, Valenciennes et du Hainaut, de celles des Antiquaires de Picardie, de Morinie, et de la Commission historique du département du Nord.

PARIS,

Jules LABITTE, Libraire, Quai Voltaire, 3.

LILLE,

Librairie ancienne et moderne

DE VANACKERE, Typographe et Lithographe, Grande-Place, 7.

1842.

Imprimerie de L. Danel, à Lille.

AVANT-PROPOS

du Traducteur.

La France réédifie une époque monumentale... son moyen-âge. Nul ne s'étonnera du zèle qu'elle apporte à cette œuvre de réhabilitation. A leurs frères aînés nos derniers siècles n'ont que trop prodigué les superbes dédains.

Au moyen-âge il y eut des hommes nés pour de grandes pensées comme pour de grandes actions. Chevaliers, ils maniaient puissamment la hache d'armes et la lance, prenaient la défense de l'opprimé; et s'ils cédaient à l'entraînement de passions, inséparables compagnes d'une vie toute d'énergie, parfois aussi leur bras levé sur un vassal sans défense se détournait soudain à la vue d'une croix. Le noble preux se rappelait que le lendemain peut-être, sur un champ de bataille, il aurait à invoquer en tombant ce signe rédempteur dont la garde de sa bonne épée figurait l'emblème.

Troubadours ou trouvères, ils touchaient avec délicatesse et suavité la lyre du poète : ou, tirant de la harpe du barde des accords mâles et guerriers, devenaient créateurs de ce cycle épique national, que le dix-huitième siècle condamnait éloquemment à l'oubli.

Au moyen-âge encore, d'autres hommes, volontairement ensevelis dans le silence des cloîtres, consacraient leurs veilles à sauver du naufrage les trésors intellectuels de l'antiquité. Humbles copistes, ils nous ont légué les labeurs d'une vie centenaire, sans même attacher un nom à ces œuvres pénibles et méritoires.

Telle était l'époque que notre ère moderne, prompte en ses jugements, a traitée d'ignorante et barbare.

Justice devait se faire; le temps avint où d'autres cénobites que dévoraient le zèle de la maison de Dieu et celui de la science, vouèrent à leur tour les forces de leur existence à fouiller le passé. Savants judicieux et éclairés, les Bénédictins comprenaient que l'expression d'un temps qui n'est plus résidait tout entière dans son histoire et dans sa poésie. Marchant d'un pas ferme et assuré dans cette double voie, ils firent immensément.....; ils auraient fait bien plus encore..; nul doute que l'épopée romane n'eût trouvé sa place dans le panthéon colossal qu'ils élevaient aux gloires de la patrie. Faut-il rappeler quelle tourmente est venue disperser ces pieux travailleurs? Dix-huit grandes pages de notre histoire (1) étaient à jamais soustraites à

---

(1) L'ouvrage des Bénédictins, *Scriptores rerum gallicarum*, etc.

l'action dévorante du temps. Mais Condorcet proposa l'auto-da-fé et combien d'autres prospérités littéraires y périrent ! « Le 22 » février 1793, il fut ordonné de brûler sur la place des Piques » trois cent quarante-sept volumes et trente-neuf boîtes (1). »

Espérons-le ; à quelque commotion sociale que soit encore réservé le beau pays de France, pareil vandalisme ne se renouvellera plus. L'œuvre des Bénédictins est reprise par des mains habiles ; et pour ne parler que de cet art divin, inné chez les peuples et qui, à défaut de bronze, éternise les gestes des ancêtres dans la mémoire des générations, chaque année voit surgir de la poussière des bibliothèques quelque épopée chevaleresque, drame palpitant, aux proportions hardies et qui laisse planer au-dessus de nous les ombres majestueuses de Charlemagne et de ses pairs, ces fiers apôtres qui prêchaient l'évangile l'épée à la main.

L'Allemagne aussi, la studieuse Allemagne reporte ses regards scrutateurs en arrière. Les échos du beau fleuve lui redisent la chanson du *Minnesanger* et plus bas le chant belliqueux du *Nibelung* (2). Mais son zèle ne s'est pas borné à l'in-

---

(1) Voyez Châteaubriand, préface des *Études historiques.*

(2) La restauration des Nibelungen est l'œuvre du célèbre Charles Lachmann, un beau génie, dit M. d'Eckstein, qui le premier a su coordonner ces poèmes et leur donner l'unité et la régularité. Le poète Simrock, de Bonn, en a donné une excellente traduction en allemand moderne et en vers.

Où habitaient les Nibelungen ? le professeur Müller, de Wurzbourg, dans un travail entièrement neuf sur le territoire des Francs-Saliens, leur assigne le

vestigation de son vaste domaine romantique. Dès long-temps elle s'est tournée vers la France et d'une voix pressante l'a sollicitée de réouvrir les catacombes où reposaient les débris de sa grandeur littéraire au moyen-âge.

« C'est un Allemand, dit avec raison le philologue F. Wolf (de Vienne), qui a reconnu le premier toute l'importance de l'ancienne épopée française et l'a caractérisée de main de maître, faisant preuve d'une sagacité et d'une profondeur de jugement d'autant plus éminente qu'il n'avait que bien peu de matériaux à sa disposition. »

En 1812, en effet, le célèbre poète Uhland écrivait en tête d'un article de haute critique (1) : « la langue romane fran- » çaise a enfanté un cycle véritablement épique. . . . .
» La reproduction d'une époque puissamment héroïque, la » création d'un cycle, faisceau de traditions, nationales, l'objec- » tivité, le développement progressif de l'action dramatique, » la diction à la hauteur du sujet, l'emploi constant du rhythme » musical : tels sont les traits distinctifs qui établissent une ana-

---

ducatus inter Carbonariam et Mosam, et établit par des inductions étymologiques la synonymie des noms : *Nibelunge; — Nebulones; — Eburones*, les Eburons. Voyez son livre *Der lex salica und der lex Angliorum et Werinorum Alter nud Heimath*. (Age et patrie de la loi salique et de la loi des Angles et des Warnes, p. 184, 1840, Francfort-sur-le-Mein. Nous avons donné l'analyse de cet ouvrage dans les Archives du nord de la France et du midi de la Belgique, premier numéro de 1841.)

(1) Voyez le recueil intitulé les Muses, *die Musen*, publié par Lamotte Fouquet, troisième trimestre, Berlin, 1812.

» logie entre les chansons de geste, les rapsodies homériques
» et les chansons des Nibelung.

» On a reconnu, il est vrai, dans les épopées de Charlemagne
» et de ses pairs, un des cycles fabuleux les plus remarquables.
» L'Allemagne accorde le caractère épique au roman des IV fils
» Aymon et à celui de Stricker (1), qui accusent une origine
» française. Nos voisins eux-mêmes ont tant bien que mal donné
» leurs vieux romans pour l'épopée du temps (2). Mais personne
» n'a encore caractérisé jusqu'ici la sphère d'activité, l'affinité
» mutuelle, la forme primitive de ces étonnantes productions; et
» les opinions accréditées en France sur l'épopée ont mis obs-
» tacle à leur digne appréciation. »

En 1826, le bibliophile Ébert s'écriait à son tour (3) : « S'il est
» au moyen-âge une contrée qui ait produit une littérature
» nationale, remarquable par son caractère d'individualité, par

---

(1) La chanson de Rolland allemande, poème du prêtre Conrad. (1173—77),
postérieurement reversifiée par Stricker.

(2) En 1781, le Grand-d'Aussi disait, dans sa préface des fabliaux et contes :
« Ce n'est pas, au reste, que je prétende attacher un grand prix à un genre de
composition qu'heureusement pour nous, de meilleurs ouvrages ont anéanti. Je
sais d'autant mieux l'apprécier que j'en ai lu un grand nombre. Mais enfin c'était
une production de longue haleine, c'était l'épopée du temps ; encore une fois on
ne connaissait rien de mieux. »

En 1829, M. Berger de Xivrey, dans ses *Recherches sur les sources antiques
de la littérature française*, déclarait les sermons de saint Bernard et la chronique
de Ville-Hardouin : « les deux plus anciens monuments de notre littérature. »

(3) Voyez *Ueberlieferungen zur Geschichte, literatur*, etc., Dresde, 1826,
tome 1, p. 149.

» l'ubiquité de son action sur ses contemporaines , c'est la
» France. A dater de cette seconde période du moyen-âge dont
» les croisades ont marqué l'aurore , elle devint la mère-patrie
» de la civilisation et de la littérature en Europe. Le Midi , si
» largement doté et de si bonne heure , recevait d'Orient de
» nouvelles richesses et les dispensait à la Sicile , à l'Espagne et
» à l'Italie. Le Nord avait emprunté l'étoffe poétique bretonne ,
» mais par la hardiesse, l'originalité de sa mise en œuvre, lui
» avait fait subir une transformation telle que la Bretagne mé-
» connaissait sa propre création. La cour de Bourgogne importa
» les idées et les mœurs françaises dans les Pays-Bas , d'où elles
» se propagèrent avec une rapidité inattendue dans toute la
» basse Allemagne; toutefois la végétation de ces plantes vivaces
» trahissait l'action et la nature du nouveau sol. Une ramifica-
» tion si vigoureuse et si multiple explique l'influence que la
» France n'a cessé d'exercer jusqu'à nos jours, avec plus ou
» moins d'empire , sur toutes les littératures nationales de l'Eu-
» rope et devait rendre infructueuses ces tentatives tant de
» fois répétées de rompre à tout jamais avec la mère-école de
» la civilisation en Occident. Qu'on les renouvelle encore , et la
» critique n'en restera pas moins l'œil fixé sur une contrée où
» convergent tant de fils intellectuels , où tant d'impulsions
» prennent naissance, et qu'il faut reconnaître comme la souche
» de l'arbre généalogique de la civilisation européenne. Nous
» renouvellerons ici un vœu déjà exprimé : puisse un critique
» français nous donner bientôt sur la littérature romane un traité
» didactique dont le besoin se fait vivement sentir ! »

Le noble appel a été entendu : les Francisque Michel, les Paulin Paris, les Jubinal, en un mot toute une ardente milice formée à l'École des Chartes, s'adonnent avec ferveur à cette entreprise de patriotisme littéraire (1) ; l'Allemagne, de son côté, ne cesse de seconder leurs efforts, soit en restituant à la France ces productions de la muse romane égarées sur le sol étranger, soit en élaborant, avec cette consciencieuse industrie en matière de recherches qui la distingue, des ouvrages didactiques ; soit enfin en soumettant au creuset d'une saine critique les nombreux produits de la presse française (2).

Cette active coopération a reçu de la part de quelques savants français un juste tribut d'éloges ; mais, il faut l'avouer, elle est pour ainsi dire ignorée de ce public lettré sans doute, mais qui se borne au rôle passif de lecteur.

---

(1) Avec de tels ouvriers la moisson devait être abondante et productive. Déjà l'on peut juger l'épopée romane avec connaissance de cause. Mais ne serait-il pas temps de la populariser, de la mettre à portée de ce monde de lecteurs qui ne saurait la comprendre que le glossaire en main ? M. Edward Le Glay a traduit des épisodes de *Raoul de Cambrai* et du roman *des Loherains* ; c'est un style qui sent son moyen-âge. Ne serait-il pas à souhaiter qu'il trouvât des imitateurs ?

(2) En 1807. Görres, dont le pinceau semble emprunter ses couleurs à la palette de Châteaubriand, adombrait à grands traits le caractère épique des *IV Fils Aymons*. (Voyez *die Teutschen Volksbücher*.)

En 1825. Schmidt, de Halle, trop tôt enlevé à la science, inséra dans l'Annuaire de Vienne (*Wiener jahrbücher*, N.° xxix et xxxi), deux articles sur les romans en prose des cycles *Arthurien* et *Carlovingien*. Ce judicieux critique y caractérise les deux cycles avec beaucoup de sagacité, présente des aperçus d'une haute portée, et fait preuve d'une érudition peu ordinaire.

C'est ce qui nous a décidé à entreprendre une suite de traductions, de résumés, d'analyses dont nous offrons un premier spécimen.

Devenu habitant d'une contrée féconde en souvenirs, mais surtout hospitalière (les bords du Rhin), nous sommes entré en relation avec quelques sommités littéraires et historiques de l'Allemagne. Fort de leur approbation, nous avons travaillé bien long-temps, mais *con amore*, dans la solitude du cabinet. Une défiance de nous-mêmes, trop fondée sans doute, nous retiendrait encore, si un de ces hommes dont les années peuvent se

---

En 1829. Emmanuel Bekker, savant helléniste et professeur à Berlin, publia le roman provençal des *Fierabras*, en y joignant celui *d'Agolan*, des extraits de *Girard de Viane* et des *IV Fils Aymons* en langue romane du nord. Il a donné depuis une vie de *saint Thomas* en vers, d'après un manuscrit de Wolfenbuttel, et des extraits des manuscrits de la bibliothèque Saint-Marcus, à Berlin, comprenant un roman *Carlovingien*, sans titre, — le roman *d'Aspremont*, en deux dialectes. C'est le même que celui qui porte le nom hypothétique *d'Agolan*, écrit dans un troisième dialecte et imprimé en tête du Fierabras. (Voyez *Mém. de l'Acad. de Berlin*, 1840.)

En 1832. Rosenkranz, professeur, à Halle, a tenté, dans son *Manuel d'une histoire générale de la poésie*, une classification raisonnée de la littérature romane. (Voyez *Handbuch einer allgemeinen Geschichte der Poesie*.)

En 1833, Ferdinand Wolf, bibliothécaire à Vienne, a jeté un coup-d'œil critique sur les nouvelles publications des philologues français. (*Uber die neuesten Leistungen der Franzosen fur die herausgabe ihrer national-heldengedichte, etc.*). Il s'y occupe principalement du poète *Adenez le roi*, de la chanson *de Roncevaux*, du roman *de Berte aux grands pieds*, et fait connaître, comme termes de comparaison, une ancienne poésie allemande (*Anonymi poema de Caroli M. origine et genealogia*), et deux romans espagnols : *Historia de Enrique fi de Oliva, rey de Jherusalem, emperador de Constantinopla*.

compter par les éminents services qu'ils rendent à la science, M. le docteur Le Glay, archiviste général du département du Nord, n'était venu nous tendre une main encourageante et se porter notre parrain d'armes, dans l'arène périlleuse de la publicité.

Entre les nombreuses productions de la critique allemande, notre choix s'est arrêté de prime-abord sur les ouvrages de M. Frédéric Diez, professeur de belles-lettres à l'université de Bonn, lesquels forment une trilogie qui offre un cours complet de littérature provençale.

Sevilla, 1498. — *Historia de la reyna Sebilla*. Seville, 153a. Depuis, M. Wolf a donné un compte-rendu du *Romancero* français, de M. Paulin Paris, et un traité didactique sur *les lais*. (*Uber die Lais, Sequenzen und Leiche*, 1841.) Ce travail très-remarquable est enrichi de notes et d'excursions (*excurse*), où il y a beaucoup à apprendre. M. Wolf est un critique consciencieux, dont la collaboration est infiniment précieuse pour les philologues français.

En 1836. Keller de Tubinge a édité *le roman des sept sages de Rome*, en donnant dans l'introduction un spécimen des remaniements du sujet en diverses langues, et depuis, un fragment *dou Chevalier au Leon*, extrait d'un manuscrit du Vatican. Ce roman a été édité en entier d'après le manuscrit de Paris, par lady Guest, en appendice de son livre intitulé : *The mabinogiam from the llyfr coch of Hergest* (Les contes du Livre-Rouge d'Hergest, etc.). M. Keller vient de parcourir l'Italie, et nous promet un grand travail, fruit de ses pérégrinations. On nous a également assuré qu'il se propose d'éditer l'épopée des IV Fils Aymons, d'après le manuscrit conservé en Allemagne.

En 1835. Gervinus, professeur, à Gœttingue, dans son histoire de la poésie allemande (*Geschichte der poetischen national litteratur*), s'est livré à des considérations étendues sur l'épopée française, et particulièrement sur les quatre versions allemande, flamande, française et latine, *du roman du Renard*. Ce travail a reçu nombre de modifications dans la seconde édition.

1.º L'Essai sur les cours d'amour (*Über die Minnehöfe*), Berlin, 1825.

2.º La Poésie des troubadours (*die Poesie der Troubadours*), un vol. in-8.º, 360 p., Leipzick, 1826 (1).

3.º Les vies et les œuvres des troubadours (*Leben und Werke der Troubadours*), 1 vol. in-8.º, 616 p., Leipzick, 1829.

Raynouard avait frayé la route en la parcourant avec éclat; néanmoins M. Diez a trouvé à glaner après ce grand maître; et,

---

En 1836. *Mone*, bien connu par son Indicateur du moyen-âge, *Anzeiger des Mittelalters*, a donné une analyse du volumineux *Garin*, d'après le manuscrit de Bruxelles. (Voyez *Untersuchungen zur Geschichte der teutschen heldensage*, Quedlimburg et Leipsick.)

En 1837-38. Friedrich Diez a publié les deux premiers volumes de sa grammaire comparée des langues romanes; le troisième, comprenant la syntaxe, est sous presse.

En 1830. *Schnapenburg* a fait paraître en français : *Tableau synoptique des idiomes populaires ou patois de la France, suivi d'un choix de morceaux en vers et en prose dans les principales nuances de tous les dialectes ou patois de la France.*

En 1841. M. San Marte s'est beaucoup occupé des cycles *Arthurien* et du *Graal;* il a écrit sur le premier une dissertation qui a été couronnée en Angleterre, et a traité à fond l'importante question du Graal dans le second volume de la vie de *Wolfram von Eschenbach.* Nous savons que le poète Simrock se prépare à lui répondre contradictoirement en tête de sa traduction du *Parzival.*

En 1842. A.-W. de Schlegel vient de réimprimer divers opuscules écrits en français: de ce nombre un traité sur la langue provençale, et un examen critique du cours de M. Fauriel.

(1) Voici l'analyse de ce travail telle que l'a donnée Raynouard (*Journal des Savants*, juin 1828) :

» Écrivant dans un royaume où la langue et la poésie des troubadours étaient presqu'ignorées, M. Diez a dû entrer dans des explications préliminaires pour

nous oserons le dire, il a agrandi le champ d'exploration et reculé la limite où la philologie française avait planté son drapeau. En toute occasion il s'est plu à rendre hommage à son devancier et, s'il diffère d'opinion, s'il émet un système contradictoire, la lutte est toujours engagée et soutenue à armes courtoises. Pouvait-il en être autrement ? M. Diez appartient à cette classe de savants allemands dont le savoir n'est surpassé que par leur extrême modestie.

---

préparer ses lecteurs à la connaissance d'une langue et d'une littérature nouvelles pour eux.

Dans la première section, il a cherché à expliquer l'esprit et le sort de la poésie des troubadours, et il a profité de toutes les indications que nous avions sur l'art, sur l'état des troubadours, des jongleurs, sur les récompenses obtenues par les uns et les autres et leurs nombreux protecteurs.

Il a marqué trois époques en désignant les traits qui les caractérisent.

La deuxième section est consacrée à indiquer les termes de la poésie des troubadours, les strophes, les refrains, la rime et ses nombreuses variantes, les jeux de rimes et les jeux de mots, les noms des différentes espèces de poèmes.

La troisième section traite de la poésie lyrique et de ses diverses espèces. Les sirventes et les tensons y sont compris.

Dans la quatrième il a classé la poésie narrative qu'il a divisée en romans, nouvelles, légendes et chroniques rimées; la poésie didactique, les poèmes moraux et les fabliaux.

La cinquième section présente les rapports de la littérature des troubadours avec les littératures étrangères. Cette partie du travail de M. Diez offre beaucoup d'aperçus nouveaux et pourrait devenir l'objet de plusieurs discussions. Ensuite il traite de la langue provençale, donne une idée de la grammaire, en recherche l'origine, parle de son harmonie, de son euphonie. Enfin il publie en appendice quatre manuscrits inédits de la bibliothèque du roi. Nous ajouterons simplement à cette analyse qu'en traitant de la partie lyrique, M. Diez a cherché, par de nombreux extraits, à formuler la doctrine érotique, la philosophie, en un mot, les idées sociales des troubadours.

2

Raynouard de son côté rendit justice à son émule. « Ayant eu
» l'avantage de conférer avec ce savant, je me suis convaincu
» de son habileté... Je regarde les éloges que M. Diez veut
» bien donner à mon entreprise comme une récompense de mes
» propres travaux, car j'ose dire que s'il parvient à faire mieux
» que moi, ce sera de mes ouvrages mêmes qu'il aura appris à
» me surpasser...... Le livre de M. Diez est d'une vraie impor-
» tance pour la langue et la poésie des troubadours. Je souhaite
» qu'il obtienne le succès qu'il mérite. »

Après cela, n'a-t-on pas quelque droit de s'étonner que
Raynouard n'ait pas dit un seul mot de l'Essai sur les cours
d'amour ? qu'il n'ait pas rompu une nouvelle lance en leur
faveur ? Il y a pourtant question de vie et de mort entre les
deux systèmes.

Le philologue français est le tenant « de ces tribunaux plus
» sévères que redoutables où la beauté..... prononçait sur l'in-
» constance et l'infidélité des amants. »

« Son adversaire lui répond : Il n'a jamais existé de cours
» d'amour formellement constituées et permanentes où les
» amants seraient venus, contre toutes les règles de la bien-
» séance, livrer à la publicité et leurs différends et le secret de
» tendres relations. Mais en cas de mésintelligence ou de querelle
» et faute de pouvoir s'entendre, le couple amoureux s'en rap-
» portait à l'arbitrage d'une ou plusieurs personnes, autrement
» dit d'un petit tribunal de circonstance, élues par les parties
» intéressées, et auxquelles d'ordinaire elles ne se confiaient

» que sous la sauve-garde de l'anonyme et par l'entremise d'un
» tiers.

» Il n'a pas existé davantage de loi ou code d'amour dont les
» cours où les juges auraient pu faire l'application. Mais dans
» les réunions fortuites, dans les cercles d'invités, les nobles
» chevaliers et les avenantes châtelaines aimaient à s'exercer aux
» subtilités d'esprit; on soulevait les questions ardues de la doc—
» trine érotique; on les discutait ; on en donnait la solution. Ce
» n'était là qu'un simple passe-temps de société. »

Tel est, réduit à sa plus simple expression, le système que
M. Diez a développé avec une logique très-serrée et en l'étayant
d'aperçus neufs et piquants, de rapprochements pleins d'intérêt
et de nombreuses révélations manuscrites. Un tel travail devait
commander l'attention de la critique française; et cependant il a
passé, semblerait-il, complètement inaperçu. Puissions-nous
aider à réparer cette injustice involontaire.

Nous avons été traducteur fidèle et consciencieux. Le texte
original a subi bon nombre de modifications, de corrections et
d'additions. Les unes nous ont été fournies par l'auteur ; les
autres ont obtenu son assentiment.

Mais pourquoi donner la version française des citations latines?
En l'honneur de nos lectrices. Un essai sur les cours d'amour se
recommande de lui-même aux séduisantes châtelaines qui,
dans les splendeurs gothiques d'un ogival boudoir, rêvent
parfois une vie moyen-âge. Soit dit en toute humilité : elles n'au-
ront pas sans doute poussé leurs études classiques jusqu'à la
langue d'Ovide, car l'adage de nos pères disait :

Femme qui parle latin
N'arrive pas à bonne fin.

Nous avons en portefeuille la traduction du livre de M. Diez sur la poésie des troubadours. En la publiant, nous désirerions y joindre un abrégé des vies de ces mêmes poètes. Quittes alors envers la poésie occitanienne, nous entrerons dans le domaine de la langue d'*oïl*. Ici, nous venons de le voir, l'Allemagne se présente à la France les mains chargées d'offrandes. Nous voudrions faire part à tous de ce riche butin; nous voudrions activer, multiplier les relations entre les grandes villes universitaires de l'Allemagne et la province française, afin qu'il n'arrive plus que le savant du Midi, que l'antiquaire du Nord viennent à se rencontrer dans une re cherche avec le critique de Heidelberg ou d'Iéna, sans se douter qu'ils pourraient s'éclairer mutuellement. C'est un vœu que nous exprimions publiquement à la dernière assemblée générale des philologues à Bonn (1841), un vœu qu'accueillaient avec la plus vive sympathie les Lachmann, les Thiersch de Munich, les Gheel de Leyde, et tant d'autres! Car nous leur disions : les relations intellectuelles sont un puissant lien entre les nations, qui les fait marcher de concert, les entraîne vers ce qui est beau, grand, noble et utile, qui féconde sans cesse le germe du progrès dans les sciences et dans les arts.

PRÉFACE DE L'AUTEUR.

Tout appréciateur de la mémorable littérature du moyen-âge ne saurait s'empêcher d'offrir son humble denier dans le but d'en entretenir et d'en propager l'étude. La poésie romantique n'a plus que faire de recommandations ; son mérite artistique est reconnu ; et ceux qui sont à même de la priser dignement, se délectent aux charmes esthétiques de ses moindres productions, et trouvent, dans l'affinité de la poésie avec l'histoire, la matière de recherches fructueuses et riches d'enseignements.

Si, dans l'opuscule qui va suivre, notre attention s'est concentrée sur l'Occident, il n'en résultera pas moins des aperçus d'intérêt général. Moins qu'en tout autre temps il y eut au moyen-âge un sol, patrie exclusive d'une poésie indigène et spontanée. Peu importe où jaillit la source intellectuelle, que ce soit dans l'Armorique ou dans la Grande-Bretagne, en France ou en Provence, en Allemagne ou dans les régions du nord, en Grèce ou en Orient : le contact si fréquent des différents peuples, cette avidité surprenante pour les récits poétiques, jointe à cette vénération enfantine pour tout ce qui était empreint de savantisme, la font diverger dans toutes les directions et déborder ainsi les limites trop restreintes d'une nationalité. Toutefois, à dater des croisades, l'influence de l'Occident reste prépondérante, et notre hospitalière Germanie accepte volontiers le don de l'étranger, sait le mettre à profit et parfois l'ennoblir.

(**20**)

Des recherches sur les cours d'amour semblent au premier abord se rattacher à l'histoire de la culture (civilisation, histoire des mœurs) proprement dite, plutôt qu'à celle de la poésie. Mais on ne tarde pas à s'apercevoir combien ces institutions ont réagi sur la littérature contemporaine. Nous pouvions à moins de frais traiter un sujet plus agréable ; mais ces célèbres cours d'amour ont été préconisées comme un des traits saillants de la poésie provençale; dès-lors nous avons jugé opportun d'en approcher le flambeau de la critique.

Bonn, février 1825.

ESSAI

SUR LES COURS D'AMOUR.

INTRODUCTION.

Les dernières recherches sur les cours d'amour soulèvent une question d'autant plus digne d'un examen consciencieux qu'elle promet à l'historien de la poésie et des mœurs au moyen-âge, une donnée des plus importantes. De savantes investigations ont évoqué dans le lointain du passé certaines cours judiciaires féminines, qui seraient intervenues en de tendres intrigues et dont les décisions auraient eu force de loi. Donnez un corps réel à ces idéalités, et le bon vieux temps se trouve avoir traité l'amour fort à la légère ; bien plus, ce rang que la chevalerie avait galamment assigné aux femmes s'érige en une sorte de gynécocratie, dont l'époque, il faut l'avouer, ne nous a pas légué l'empreinte.

A ces cours d'amour on a fait également honneur d'une juridiction esthétique, subordonnée toutefois à leur pouvoir judiciaire ; partant on les déclare sociétés poétiques consti-tuées. Les preuves qui justifieraient de cette autre attribution serviraient de réponse au silence négatif de l'histoire, qui, dans le cours du XII.ᵉ et du XIII.ᵉ siècle, n'a pas su découvrir ce genre d'aréopages.

Au surplus, une appréciation raisonnée de ces hypothèses doit évidemment venir en aide à l'histoire de l'art poétique, puisqu'elle oblige à explorer certaines productions du domaine romantique. (1) Cet essai, nous osons le croire, amènera en partie les faits sous un tout autre jour. Loin de nous la pensée d'offrir ici des opinions inattaquables. Les témoignages historiques doivent guider le jugement et le circonscrire étroitement dans sa marche ; car ils lui posent des jalons infaillibles. Mais le champ si vaste des conjectures s'ouvre à tout philologue qui entreprend l'histoire des cours d'amour, et peut bien aisément donner le change aux préoccupations individuelles. Nous espérons néanmoins présenter dans cet opuscule quelques documents, quelques élucidations qui ne seraient pas sans influence sur un travail plus étendu.

Dans toute recherche, il faut d'abord en spécifier nettement l'objet. Avant que d'aborder la discussion, expliquons-nous sur la dénomination *Cours d'amour*, dénomination dont l'étymologie erre un peu dans le vague et s'est bien autrement obscurcie sous la plume des écrivains. Les uns n'ont voulu voir dans les cours d'amour que de simples réunions poétiques. D'autres y ont reconnu des tribunaux réguliers, tenant séance pour la discussion et la solution des points litigieux en matière d'amour. Le plus grand nombre, et notamment nos critiques

---

(1) *Romantique.* Les Allemands donnent ce nom à toute la poésie du moyen-âge. *(Trad.)*

modernes , en font d'habitude le synonyme de deux acceptions identiques à leurs yeux , au fond essentiellement différentes. D'où provient une telle méprise ? évidemment de la portée trop indéterminée des mots eux-mêmes. En effet , *cours d'amour* signifiera indifféremment : tribunaux d'amour ou sociétés d'amour, et ces dernières du moins pourraient être les modératrices du culte de la poésie amoureuse. L'acception usuelle chez les anciens poètes serait concluante sans doute , mais ils n'ont pas fait emploi de cette locution.

Pour nous , nous entendons par *cours d'amour* une réunion dont le but était l'accommodement des difficultés entre amants, qu'il s'y joignît ou non des intérêts poétiques. Partant nous appellerons *sociétés poétiques* celles qui s'occupaient uniquement de poésie et par opposition *tribunaux d'amour* celles qui se consacraient exclusivement aux affaires amoureuses ; toutefois cette dernière dénomination pourra s'appliquer à un certain nombre de personnes investies des mêmes pouvoirs. Notre exploration portera immédiatement sur les tribunaux d'amour , ne nous arrêtant aux sociétés poétiques qu'autant qu'assimilées aux premiers , elles nécessiteraient une distinction.

Parmi les publicistes de notre droit romantique, nous nous bornerons naturellement à citer ceux qui se sont livrés à des investigations de quelque étendue. Le président Rolland ouvre la marche : *Recherches sur les prérogatives des dames chez les Gaulois, sur les cours d'amour*, 1787. Cet ouvrage, dépourvu de critique , conserve à peine quelque valeur comme compilation de notices, et se retrouve en substance dans le traité historique dont M. d'Arétin accompagna son édition des arrêts (1803). Lors de la publication , la dernière partie du livre allemand aurait dû fixer plus particulièrement l'attention du monde lettré; mais quant au traité, l'auteur s'y noie dans une mer de citations insolites ; et de titres de livres , sans avoir établi jusques là , sur des bases un peu solides , une seule hypothèse.

Les écrits plus récents sont tout autrement recommandables ; citons en première ligne le traité lumineux et plein d'aperçus inséré par Raynouard, dans le second volume de son *Choix des poésies originales des troubadours,* 1817. Nul investigateur des antiquités historiques et littéraires de la France ne semblait mieux appelé à projeter une vive lumière sur ces tribunaux d'amour insaisissables à l'œil dans le clair-obscur romantique. On se complaît à la lecture d'un tel travail , d'autant plus que ce philologue , à part des élucubrations aussi savantes que bien entendues , une connaissance approfondie du sujet , possède cette unité, cette lucidité d'exposition appréciée du lecteur allemand. Seulement, oserons-nous le dire, cette teinte poétique qu'affectionne sa diction nous paraît, en matière de recherches, plus nuisible qu'avantageuse (1). Écoutons-le tracer l'origine des cours d'amour. (pp. LXXIX et LXXX).

« Ces tribunaux plus sévères que redoutables où la beauté

---

(1) Les Allemands ont souvent reproché aux Français de juger le fond sur la forme ; aux écrivains de mettre en pratique sans trop de scrupules l'indulgente

elle-même , exerçant un pouvoir reconnu par la courtoisie et par l'opinion, prononçait sur l'infidélité ou l'inconstance des amants , sur les rigueurs ou les caprices de leurs dames et par une influence aussi douce qu'irrésistible, épurait et ennoblissait, au profit de la civilisation , des mœurs et de l'enthousiasme chevaleresque , ce sentiment impétueux et tendre que la nature accorde à l'homme pour son bonheur , mais qui presque toujours fait le tourment de sa jeunesse et trop souvent le malheur de sa vie entière. Cette institution n'a pas été l'ouvrage du légis-lateur , mais l'effet de la civilisation , des mœurs, des usages et des préjugés de la chevalerie. »

On peut préciser leur durée avec certitude (pp. LXXXI et XCVI) en assignant à leur institution le milieu du XIIe siècle , peut-être une date plus reculée. Elles se prolongent au-delà du XIVe Quant à leur organisation , leur procédure , l'auteur nous apprend (p. C-CIII) que les parties comparaissaient en personne et plaidaient leur cause ; mais que la cour prononçait aussi sur des questions exposées dans des suppliques ou débat-

---

théorie. Et de fait, que d'œuvres de critique, éblouissantes de style, ne sont réellement que la cymbale retentissante de l'Écriture. Les Allemands, à leur tour, ne s'inquiètent fréquemment que d'être savants, très-savants. Ils y réussissent ; mais vraiment un peu moins d'abnégation en fait de style, leurs doctes élabo-rations n'y perdraient rien et les traducteurs y gagneraient beaucoup. Nous avons de part et d'autre les défauts de nos qualités; grâce à nos relations intellectuelles, on est en bonne voie de s'amender. La critique française procède aujourd'hui par la méthode des Grimms et des Lachmann ; que la critique allemande écrive donc à la manière des Villemain et des Ampère. (*Note du trad.*)

tues dans des tensons. La teneur des arrêts, qui du reste admettaient appel, comprenait les considérants motivés sur le code d'amour et faisait ainsi jurisprudence pour les autres cours.

» Mais, se demande l'auteur (p. CXXIII), quelle était l'autorité de ces tribunaux ? Quels étaient leurs moyens coercitifs ? Je répondrai : l'opinion, cette autorité si redoutable partout où elle existe, l'opinion qui ne permettait pas à un chevalier de vivre heureux dans son château, au milieu de sa famille, quand les autres partaient pour des expéditions outre mer, l'opinion, qui depuis a forcé à payer comme sacrée la dette du jeu, tandis que les créanciers qui avaient fourni des aliments à la famille étaient éconduits sans pudeur, l'opinion qui ne permet pas de refuser un duel, que la loi menace de punir comme un crime, enfin l'opinion devant laquelle les tyrans eux-mêmes sont contraints de reculer. »

Peu après ce traité parut à Leipsick une brochure anonyme (1) intitulée :

Die Minnehöfe des Mittelalters und ihre Entscheidungen oder Ausprüche. (Les cours d'amour du moyen-âge, leurs décisions et leurs arrêts.)

On ne peut absolument refuser à l'auteur le mérite qu'il revendique lui-même, celui d'avoir réuni, en faisceau, tout ce qui doit démontrer sans réplique, dans sa pensée, l'existence des cours d'amour. L'œuvre est bien coordonnée, mais au fond

______

(1) Cet anonyme a nom Spangenberg.

cet opuscule n'est qu'un remaniement des travaux de d'Arétin et de Raynouard, augmenté d'extraits empruntés pour la plupart à des sources manuscrites, de traductions ; d'une copieuse série de titres de livres, enfin de quelques remarques, propriété de l'auteur. Se servir à l'aise du labeur d'autrui peut être, sinon honorable au plagiaire, du moins utile au lecteur. Se dispenser de nommer ses autorités, c'est aplanir les voies à sa propre renommée. Mais on aurait droit de s'attendre à ne pas retrouver en telle besogne les méprises des devanciers, moins encore, grâce à l'impéritie de l'écrivain, de nouvelles erreurs(1). Il fallait bien porter la peine d'une ignorance complète des littératures mortes et contemporaines, voire même d'un manque absolu de critique historique.

Il s'accorde avec d'Arétin sur l'époque originaire des cours

______

(1) Un reproche aussi grave exige des preuves : « Papon et Fauchet, dit notre » auteur (p. xv), ne considéraient-ils pas les cours d'amour comme de simples » jeux de l'esprit et de la pensée ? La Curne de Sainte-Palaye ne les regarde-t-il » pas comme des parlements de bon ton ? » — Le bon Fauchet, que d'Arétin tire également aux cheveux, ne parle en aucune manière de cours d'amour, mais nommément et expressément de ces jeux célèbres appelés *jeux sous l'ormel*, qui n'étaient au reste que des entretiens poétiques. — Nul lecteur sensé n'induira du passage de la Curne de Sainte-Palaye cité par d'Arétin (p. 24), que le docte abbé ait regardé les cours d'amour comme des parlements de bon ton. Somme toute, que signifie cette interminable énumération d'auteurs qui rêvassaient sur ce sujet ou l'effleuraient d'un regard, empruntée d'ailleurs au livre de Von Aretin ? — Notre auteur (p. 76) cite, d'après Rolland, un poème en vieux français, intitulé *Flos et Blanciflos*, et trouve identité entre cette héroïne et la *Blanciflos* du chapelain André. S'il eût pris la peine de parcourir cette production, certes bien importante pour lui, il eût vu les noms se métamorphoser en Blanchefleur et

d'amour, en assigne le terme (p. 19) à la fin du XIVe siècle, alors que l'introduction des armées permanentes sous Charles VII (notez que ce prince régnait au XVe siècle.) précipita la chute de l'antique chevalerie, la disparution des troubadours, partant celle des cours d'amour. Leur juridiction comprenait (38) l'arbitrage des luttes poétiques et des brouilleries d'amants. Leur organisation (35) était identique à celle des cours judiciaires. Les débats (40) avaient lieu de vive voix. Les arrêts (64) faisaient application motivée du code de l'amour. Elles auraient même possédé un droit pénal de convention (49).

Ebert, enfin, nous a gratifiés, dans la revue périodique l'*Hermès*, d'un petit traité écrit avec une rare sagacité et qui se distingue au premier coup-d'œil de ces œuvres sans vie, qu'un auteur mène à fin, comme s'il suffisait de viser au but pour y atteindre. Le lecteur rencontre ici des aperçus qui

---

Florence, ce qui est bien différent. — On lit avec surprise (p. xvii) : « Il faut rectifier une erreur dans le traité d'Eichorn si recommandable d'ailleurs. » Qui ne croirait à ce langage que la rectification sera du cru de l'auteur ? Point, c'est du d'Arétin (p. 27). Il fait en majeure partie les frais des six premières pages. Dans la douzaine suivante vient le tour de Raynouard, presque toujours traduit mot à mot. Ici cette absence complète d'études littéraires joue à notre anonyme un bien mauvais tour. Raynouard donne (p. lxxxiv), le passage du Glaber, d'où il résulterait qu'environ vers l'an 1000, la poésie provençale avait déjà pénétré en France. Puis il en vient à parler des tensons que l'on rencontre dans les œuvres des troubadours, c'est-à-dire de 1100 à 1300. Notre auteur rapporte également ce texte, et après l'avoir interprété tout de travers, il ajoute : « Alors déjà (l'an 1000), » dans leurs jeux poétiques, les troubadours se plaisaient à se poser des questions » litigieuses et riches de pensées. » Il ignore donc que cette littérature provençale, d'aussi loin qu'elle nous soit parvenue, est à peu près de 100 ans plus moderne.

remuent, pour ainsi dire , les fibres intimes de la question.
Reconnaissant dans les cours d'amour des institutions nobles
et recommandables , Ebert en attribue la pensée première à ce
sentiment de modestie et de bienséance inné chez les femmes,
et rattache leur établissement au début de la première croisade.
En l'absence de leurs maris, exposées sans égide aux atteintes
de la calomnie, les femmes auraient voulu, dans l'intérêt de
leur honneur, formuler certaines règles de vie sociale. Aussi,
dans le principe, les cours ne sont-elles, à ses yeux , que de
simples tribunaux de mœurs , réprimant les contraventions en
amour , aplanissant les difficultés entre amants, et par forme
de délassement , rendant solution sur des questions proposées
(82-83). Elles se seraient maintenues dans cet état jusqu'à la fin
du XII.e siècle. Alors, sans être modifiées dans leur organisation
primitive , elles ne constituent guère qu'un passe-temps de
société, et bien qu'originairement étrangères aux exercices
poétiques, elles les admettent peu à peu , comme une agréable
diversion (83-69). La France méridionale , où l'appel aux
croisades trouvait un écho si retentissant, fut et demeura leur
patrie , jusqu'au temps où une violente commotion vint
ébranler ces contrées et déterminer la chute des cours d'amour
(82-84). Leurs arrêts, rendus sérieusement , s'exécutaient
d'autorité , fait d'autant plus plausible que des dames influentes
occupaient la présidence (86). Telle est l'opinion du savant
auteur sur les cours d'amour primitives ou féminines ; quant
à celles postérieurement composées d'hommes, bien qu'elles

aient renchéri sur les formes, il les déclare une simple parodie (1).

Les autorités invoquées par les critiques que nous venons de citer sont :

I. Les œuvres des poètes provençaux de 1100 à 1300.

II. Jehan de Nostredame dans son histoire des poètes provençaux, 1575.

III. Les trouvères français jusqu'au XIVe siècle inclusivement.

---

(1) Il faut ajouter à cette nomenclature 1.° un petit opuscule de M. le baron de Reiffenberg sur les cours d'amour (1840). Il y rapporte le rôle des offices de la cour amoureuse dont M. Diez s'occupe, chapitre V. Ce travail, au surplus, ne contient aucune assertion qui contredise notre système. 2.° L'histoire des langues romanes et de leur littérature, etc., par M. Bruce-Whyte (1841), ouvrage contenant des opinions et des déductions fort étranges. L'auteur donne à la littérature provençale le nom de *Gai Saber*.

Cette dénomination, quoi qu'on en ait dit, n'appartient pas aux troubadours, mais bien à l'Académie de Toulouse : « C'est aux femmes, dit l'auteur (tom. II,
» p. 179), que le Gai Saber dut, non-seulement quelques-unes de ses productions
» les plus ingénieuses, mais encore le petit nombre de celles où le naturel, le sen-
» timent et la tendresse prédominent. Sans leur intervention et leur influence, cet
» art serait peut-être resté dans un état, sinon de barbarie, du moins de plate
» ribauderie et de plaisanterie puérile, ainsi que cela eut lieu à son déclin. Mais
» alors le beau sexe était encore le souverain arbitre du mérite poétique, arbitre
» aussi absolu dans ses jugements que les barons dans leurs édits, à cette diffé-
» rence près que les belles étaient affables et généreuses, tandis que les seigneurs
» étaient souvent fiers et injustes. Les cours d'amour, présidées par des dames du
» plus haut rang, empêchaient l'admission dans l'ordre de candidats vulgaires et
» grossiers, polissaient et conservaient la langue dans sa pureté, dictaient les
» sujets sur lesquels les talents des troubadours devaient s'exercer, jugeaient leurs
» tensons ou controverses, récompensaient leur mérite, et punissaient par la
» disgrace ou l'exclusion ceux qui en violaient les statuts. Au XIIe siècle, quand

IV. Le chapelain André, dans son *Tractatus Amoris*, dont la composition est rapportée au XII.e siècle.

V. Une description circonstanciée des offices d'une cour d'amour, érigée sous le roi Charles VI, vers 1410.

VI. Les œuvres de plusieurs poètes français postérieurs au XIV.e siècle. — Martial d'Auvergne.

Nous allons consacrer les pages suivantes à un examen approfondi de ces divers témoignages, sous le double rapport de leur authenticité et de leur interprétation.

» ces cours furent à leur apogée, on écrivit des grammaires pour le provençal, » etc. » Tout cela est brodé fort ingénieusement ; et il faut avouer que la part de ces dames n'a jamais été plus belle. Nous aurons occasion de revenir sur l'œuvre de M. Bruce-Whyte dans notre traduction de l'histoire de la poésie des troubadours.

3.º Histoire de la langue romane (roman provençal), par Francisque Mandet (1840). L'auteur accepte le fait de l'existence des cours d'amour, mais il s'en étonne.... avec raison. « Conçoit-on, dit-il (p. 366), qu'il pût y avoir jamais » sérieusement une époque de notre histoire où les dames françaises s'assem-» blaient en grave tribunal, pour débattre et pour juger certaines questions que » de nos jours on regarderait au moins comme très-frivoles..... Alors que la foi » catholique était si puissante, alors que la courtoisie la plus délicate faisait tous » les hommes esclaves de la beauté, pourquoi les femmes les plus nobles, les plus » belles, les mieux apprises, venaient-elles entendre et prononcer des sentences qui » semblent naturellement avoir dû blesser la pudeur de tous les temps?... Mystères » étranges d'un passé si près de nous et que déjà notre faible intelligence se » refuse à concevoir ! »

On voit que pour la critique de nos jours la question a force de chose jugée. Toutefois M. Ampère, ce savant d'un si grand avenir, entrevoit le défaut de la cuirasse. « Dans les tensons jamais il n'est déféré au jugement d'un tribunal ou » d'une cour d'amour; et cette circonstance peut, à elle seule, jeter du doute sur » l'existence historique de ces tribunaux célèbres. » (Voyez *Histoire de la formation de la langue française*, p. XXIV, 1841).

CHAPITRE I.er

TÉMOIGNAGES DES POËTES PROVENÇAUX
OU TROUBADOURS.

Reportons-nous aux temps où florissait la poésie occitanienne ; étudions, si l'on peut s'exprimer ainsi, le caractère pratique de l'amour dans la France méridionale ; nous pourrons remonter à l'origine de la justice amoureuse et suivre les phases de son existence.

Chez les Provençaux, la chanson d'amour met en scène cette passion sous un double point de vue : comme affection du cœur, comme affection de l'esprit. Dans ce dernier cas, elle se révèle en quelque sorte comme une science basée sur la théorie et l'expérience ; les troubadours l'avaient dénommée *Saber de drudaria;* nous la désignerons sous le nom d'*Erotique.* Ce n'est pas dans la connaissance des écrits d'Ovide qu'il faut rechercher la cause d'un phénomène si particulier ; elle réside dans la nature des rapports sociaux et dans la tendance dialectique de l'époque entière ; car il est certain que cet étrange commerce amoureux, que ces questions d'amour si pointilleuses étaient devenus une nécessité intellectuelle ; l'arène affectée à cette multiforme polémique, inséparable de la théorie de l'amour, était un genre spécial de poésie appelé *Tenson,* c'est-à-dire chanson de défi, et dont voici l'ordonnance (1). Dans la pre-

------

(1) Il y a réminiscence de la tenson ou du jeu-parti dans l'ancienne lyrique allemande. On y soulève également, par forme de passe-temps poétiques, des questions

mière strophe, le poëte, interpellant un de ses confrères, lui soumet deux propositions contradictoires, le plus souvent relatives à l'amour, et le somme de défendre celle qui lui paraîtra le mieux fondée, l'autre demeurant son partage. Après une courte argumentation alternée durant plusieurs strophes, la discussion est fermée sans conclusion. On trouve toutefois certaines tensons, à la fin desquelles les rivaux conviennent d'un arbitre, ou d'un petit tribunal de deux à trois personnes, *hommes* ou *femmes*. La coutume de débattre ainsi les subtilités ambiguës et parfois très-curieuses de la philosophie érotique est si ancienne que déjà le célèbre comte de Poitiers, Guillaume IX (vers 1100), s'écriait dans une de ses chansons si précieuses pour l'art :

> E si-m partetz un juec d'amor,
>   No suy tan fatz,
> Non sapcha triar lo melhor
>   Entr'els malvatz.

« Et si vous me proposez un jeu d'amour, je ne suis pas » assez sot que de ne pas choisir la meilleure question. » (R. LXXXV.)

Pourvoir à la solution des points litigieux en amour, n'était-ce pas aplanir les voies de raccommodement ? Le moyen s'offrait de lui-même, il ne fallait, dans les deux cas, qu'un appel

---

d'amour. Mais il n'en est pas résulté un genre particulier de poésies. Un Minnesinger dit :

> *Die Friunde habent mir ein Spiel getheilt.*

Les amis m'ont partagé un jeu. Remarquez l'expression *ein Spiel theilen*. C'est identiquement le provençal *Joc partir.*　　　　　　　　　*Trad.*

aux arbitres compétents. On sent que les tribunaux réguliers eussent été fort déplacés dans l'espèce, le corps du procès n'étant guère qu'idéal. Mais prétendre « *que les amants portaient* » *plainte en cours, en cours uniquement composées de femmes :* » *c'est une assertion absolument dénuée de fondement ; attendu* » *que le fait n'avait pas lieu pour les questions d'amour.* » D'ailleurs une circonstance s'élève contre cette hypothèse.

Il est une injonction que les poètes occitaniens ne cessent de répéter aux amants, avec un zèle infatigable, et qui semble le refrain obligé d'une bonne chanson d'amour : c'est d'abriter les tendres liaisons à l'ombre du mystère (1), mystère dont la nécessité s'explique par la nature même de ces rapports, entretenus le plus souvent aux dépens de l'honneur conjugal, mais où l'on cherchait à sauver au moins les apparences, autant par un sentiment de bienséance que par crainte de méchef. Les maris n'enduraient pas toujours avec indifférence la manifestation d'une rivalité long-temps dissimulée. Entre personnes non mariées, le secret n'était pas moins indispensable, car d'éternels soupçonneurs, les hommes, obligeaient les nobles demoiselles, dans des amours plus ou moins sérieux, mais devenus une sorte de besoin dans la vie recluse des châteaux, à imposer comme un devoir à leurs chevaliers la plus grande circonspection; aussi la discrétion était-elle passée chez les amants en loi générale et

---

(1) L'injonction se retrouve chez les trouvères. Nous nous bornons à un exemple :

> Quar toz jors veut estre celée
> Amors qui veut estre gardée.

(Le dit de la Rose.)

Voyez Jubinal, *Jongleurs et trouvères.* Paris, 1838.   *Trad.*

inviolable, vraie pierre de touche, qui éprouvait la tendresse et la noblesse des sentiments. Le délinquant encourait à la fois la perte de l'objet aimé et le blâme du monde : c'est ce qui ressort incontestablement du langage des poètes provençaux, véritables modérateurs de l'esprit du temps. Dès-lors, il devient difficile d'admettre des cours d'amour, au sein desquelles la vie privée serait venue se dévoiler à tous les regards, voire par l'organe des femmes, sans que cette double trangression des lois de la bienséance n'engendrât désordres et malheurs et n'encourût, comme violation flagrante d'un principe sanctionné par l'opinion, ardemment défendu par les poètes, l'indignation et la censure de ces Argus toujours éveillés. Que si parfois on laissait deviner par un mot, par une réticence, l'objet de son amour ou de ses attentions, on n'en aurait pas moins rougi de proclamer son nom dans la publicité d'une cour ou d'y narrer toute une intrigue. Le poète chantait sa dame sous un nom d'emprunt, lors même que ses louanges ne pouvaient ou ne devaient lui assurer l'incognito.

Les poésies des troubadours, les fragments qui ont trait à nos prémisses, bien loin de les contredire, leur assurent pleine et entière confirmation.

§ 1.er

TENSONS.

Dans les chansons de défi, les poètes rivaux en référaient exclusivement à quelques juges. Il s'ensuit que vraisemblablement, il n'existait pas de tribunaux arbitres permanents de semblables débats.

Raynouard émet une opinion toute différente. Après avoir cherché à prouver la haute ancienneté de ces cours d'amour, qui connaissaient simultanément de questions et d'intrigues d'amour, il allègue, pour sauver l'honneur du corps (p. xcvi) :

« Lorsque les troubadours n'étaient pas à portée d'une cour
d'amour, ou lorsqu'ils croyaient rendre un hommage agréable
aux dames, en les choisissant pour juger les questions galantes,
ils nommaient, à la fin des tensons, les dames qui devaient prononcer et qui formaient un tribunal d'arbitrage, une cour
d'amour spéciale. »

Il n'y aurait eu donc là qu'une exception à la règle générale.
Mais d'où vient que les poètes n'en appellent *jamais* à une
cour, mais *toujours* à un ou plusieurs juges ?

Raynouard a prévu l'objection et l'on trouve, au tome IV
(p. 16) de son *Choix de poésies provençales,* une citation omise
dans le traité.

> Totz temps duraria ill tensos,
> Perdigons, perqu'ieu voill e-m platz,
> Qu'el Dalfin sia'l plaitz pauzatz,
> Qu'el jutje e la cort en patz.

« Les tensons dureront toujours, Perdigon ; c'est pourquoi
je veux que notre différend soit soumis au Dauphin, et que lui
et la cour jugent en paix (1). »

Transcrit de cette manière, le dernier vers est bien faible. On
ortographie d'ordinaire au nominatif *cortz*, et la construction
sera infiniment plus naturelle en lisant

> Qu'el jutje e *l'acort* en patz.

---

(1) Robert I, dauphin d'Auvergne. Les troubadours lui donnent le nom de
Dalfin; les chartes celui de *Dalphinus.* Baluze, dans son histoire d'Auvergne,
n'accorde le nom de Robert I qu'à son petit-fils. Mais l'Art de vérifier les dates
le connaît sous son vrai nom. (Reg. 1169-1234.)

Ses états ne comprenaient que le comté de Velay et une très-petite partie de
l'Auvergne. Néanmoins il tenait une cour brillante, était lui-même habile troubadour, mais passait surtout pour bon juge en fait de poésies. (Voyez Diez,
Biogr., p. 107.)   *Trad.*

Mais voici venir dans le traité un autre témoignage plus important (p. xcii).

Deux troubadours, Guiraut et Peyronnet, font choix, à la fin d'une tenson, de deux juges différents.

Guiraut dit :

> Vencerai vos, sol la cort lial sia....
> A Pergafuit tramet mon partiment
> O la bella fai oort d'enseignament.

Peyronnet répond :

> Et ieu volrai per mi al jugjament
> L'onrat castel de Sinha (1)

Raynouard traduit :

« Je vous vaincrai, pourvu que la cour soit loyale.... Je transmets ma tenson à Pierrefeu où la belle tient cour d'enseignement. » (R., xcii) :

« Et moi, de mon côté, je choisis pour juge l'honorable château de Signe. » (R., xciii) :

Mais le mot *cort* est trop vague pour servir de point départ à une donnée historique. En provençal il signifie indifféremment une réunion, un tribunal, que cette dernière acception soit collective ou n'ait en vue qu'un seul juge. Nous citerons en preuve une autre tenson (2), où l'un des deux rivaux désigne pour juge un chevalier du nom d'Ebles.

> A mon senhor N. Ebles fassum saber
> Jutje, nos duy, cals es nostre descort,
> Et el dir n'a aco que'l n'en semblans
> Qu'el sap d'amor los trebalhs e'ls afans

---

(1) Signe et Pierrefeu, deux châteaux voisins l'un de l'autre, a peu près à distance égale de Toulon et Brignole (xcii, R.). ***Trad.***

(1) Il commence : *D'un cavayer un preiat lonjamen*, et se trouve dans le manuscrit 2701 de la bibliothèque royale, à Paris.

« Jutje (nom propre), faisons connaître tous deux notre
différend à N. Ebles, et il nous en dira son semblant, car il
connaît les peines et les tourments de l'amour. »

L'autre répond :

> Ayso vuelh yeu.... N' Esteve, en el voler
> C'a mo senhor En-Ebles sia la cortz.
> Mays yen volgra c'ab lieis foss'En Joans
> Caz aquel sap si es vertadiers mos chans.

« J'y consens. Esteve, que monseigneur Ebles soit notre juge,
mais je voudrais lui adjoindre N. Joans, car celui-là sait si mon
chant est bien fondé. »

Il est clair que *cort* s'applique ici à un seul individu ; partant
ne sommes-nous pas autorisés à traduire le texte produit par
Raynouard de la manière suivante :

« Je vous vaincrai si le jugement est loyal.... Je transmets ma
tenson à Pierrefeu, où la beauté donne un arrêt plein d'enseignement. » (1)

Remarquez encore que la locution *tenir une cour* devait se
rendre par *tener cort*.

Nous croyons avoir démontré qu'on ne saurait, sur les passages
allégués (considérés en eux-mêmes et sans la glosse de Nostradamus, dont nous nous occuperons ci-après), conclure à
l'existence des cours d'amour.

En accordant même que le substantif *cort* ait exclusivement

---

(1) On pourrait atténuer l'objection en proposant d'écrire *l'acortz*, au lieu de
la cortz. Nous répondrons : du moment que deux rivaux requièrent un jugement,
il n'est plus question entre eux d'accord ni d'accommodement. Car l'un des deux
devrait nécessairement faire une concession. C'est précisément parce qu'ils ne
peuvent s'accorder qu'ils ont recours à un juge et lui demandent un arrêt :
Dans le vers :

> Qu'el jutje e l'acort en patz

Acordar en patz sert de lénitif à la locution plus sévère de *jutjar*.

signifié une cour , là où il n'est point question d'intrigues amoureuses, il s'agirait non d'une cour d'amour , mais simplement d'une société poétique.

§ 2.

DIFFÉRENTES CITATIONS.

Nous présenterons maintenant divers fragments sauvés du naufrage de la poésie occitanienne et qui semblent se rattacher à notre sujet.

Marie de Ventadour (vers 1200), dans une tenson composée concurremment avec Gui d'Uisel, l'interpelle en ces termes (R. , IV, p. 29) :

> Voill que-m digatz , si deu far engualmen
> Domna per drut , quan lo quier françamen,
> Com el per lieys tot quan tanh ad amor
> Segon lo *dreg que tenon l'amador.*

« Je voudrois que vous me disiez si une dame doit faire autant pour l'ami qui l'aime loyalement , que lui pour elle , en tout ce qui tient à l'amour et selon le droit que possèdent les amants. »

Guiraud de Borneille (Ray., III , 108) dit :

> Quar qui'ls *dregz* enten
> D'amor ni'n sospira.

Ugo de la Baccalaria (vers 1200) dit dans une tenson avec Bertrand de St.-Félix (Ray., IV, p. 31) :

> Que segon *jutjamen d'amor*
> Val mais, quan la prec merceian.

« Car selon le jugement de l'amour , il vaut mieux que je la prie humblement. »

Deudes de Prades (Ray., III, 415) :

> Que'l dieus d'amor a ben per dreit jujat,
> Que dona deu son amic enriquir.

Peire Ramon de Toulouse (1170 - 1200), dans une chanson d'amour, s'exprime ainsi (R., III., p. 438) :

> Quar on plus m'auci d'enveya,
> Plus li dei ma mort grazir,
> S'el *dreg d'amor* vuelh seguir,
> Qu'estiers sa *cort* non playdeya.

« Plus elle a envie de m'occir, plus je devrais lui rendre grâce de mon trépas, si je veux suivre le droit d'amour, car sa cour ne parle pas autrement. »

Enfin, Richard de Tarascon, contemporain de la guerre des Albigeois, s'exprime plus clairement encore (Parnasse occitanien, p. 385) :

> Ab tan de sen cum dieus m'a dat
> Sui crezens eu l'afan d'amor,
> Que hom non pot aver honor,
> Si non fai so qu'ill a mandat;
> E'l mandamens es tant grans pros
> A cel, que de bon cor lo fai,
> Que puois n'es en pretz cabalos;
> Gardatz s'o fai ben, qui-s n'estrai.
> C'aisso fo partit et egat
> En la *cort del ver dieu d'amor*
> Adreich per leial *jutgador*.

« Tout le bon sens que Dieu m'a donné fortifie ma croyance en l'enfant d'amour ; car l'homme ne peut acquérir honneur, s'il n'obéit à ce que l'amour ordonne ; et quel avantage ne retire-t-il pas de ses commandements, s'il les accomplit de bon cœur ? Il en devient chevalier prisé et honoré. Dites maintenant : agit-il bien celui qui s'y soustrait ? Ainsi en fut-il jugé dans la cour du vrai dieu d'amour, par un loyal juge. »

Ces extraits comportent évidemment l'idée d'un droit des amants, et d'une justice d'amour ; mais il faudra l'accorder, cette première locution est purement banale. Qu'on y réfléchisse en effet, là où deux personnes entrent en rapport, il doit être instantanément question de droits et de devoirs mutuels. C'est même l'acquiescement à cette réciprocité qui sert de base première à ces rapports. A plus forte raison, dans ces tendres relations, où l'esprit prenait souvent plus de part que le cœur, le temps avait dû consacrer successivement quelques principes auxquels on déférait, comme à des précédents. Inférer de là l'existence d'une cour d'amour serait aussi peu logique que de préjuger, sur les règles de nos usages de société, l'existence d'une cour de bon ton.

Quant à la cour d'amour citée par Ramon de Toulouse, il ne faut prendre l'allusion qu'au figuré. On s'en convaincra par les expressions plus précises de Richard de Tarascon. Pour sanctionner poétiquement certains axiomes érotiques, les poètes avaient coutume d'en appeler au jugement du dieu lui-même, qui n'était alors que la personnification de ces lois d'amour divinisées.

Les poètes invoquaient uniquement des cours d'amour idéales ; n'était-ce point avouer tacitement en quelque sorte qu'ils n'en possédaient pas de réelles ?

Un autre passage vient à l'appui de cette conclusion. Nous possédons une peinture allégorique de l'amour, par Guiraut de Calenson (vers 1210). Il y est dit entr'autres (R., III, 39) :

> E lai ou sa *cortz* es
> Non sec razon, mas plana voluntat,
> Ni ja nulh temps no y aura dreit jutgat.

« Et là où se trouve sa cour, elle ne suit pas de principes, mais son bon plaisir, et jamais il n'y aura de jugement équitable. »

Un troubadour postérieur, Guiraut Riquier, écrivit sur ce

canson un ample commentaire. Certes, l'extrait qu'on vient
de lire lui donnait beau jeu de circonstancier ces prétendues
cours d'amour, et cependant il les a passées sous silence. (1)

§ 3.

ROMANCE DE BERTOLOMÉ ÇORGI.

Laissons ces incomplètes esquisses. Une vision nettement
adombrée vient s'offrir à nos regards, et rapprocher de nous
l'idée d'une cour d'amour. On la doit à Bertolomé Çorgi,
troubadour italien, qui fleurissait vers 1250. Un extrait de
sa romance suffit à notre but. Le texte inédit se trouve à
l'appendice.

Avant-hier, dit le poëte, éprouvant mainte amoureuse
douleur, j'errais cherchant la fleur qui pourrait me guérir ;
et sous l'ombrage d'une abbaye je rencontrai un couple
amoureux. L'amante avait promis à son bien-aimé l'accomplisse-
ment de tous ses vœux et ne s'était que trop hâtée de lui causer
déboire et chagrin. Le malheureux amant s'écriait tout en
pleurs : « Amour ! non, je ne puis accepter les tourments que
» vous m'infligez aujourd'hui, moi qui pourrais prouver mon
» innocence. Certes, vous m'avez fait bien grande injustice ;
» ma dame a prétendu que je méritais la mort, et sans écouter
» ma défense vous m'avez condamné à mourir. »

A peine avait-il exhalé cette plainte, que la voix du dieu

---

(1) Voici le passage manuscrit qui commente notre citation :

> Car est amor perpren
> Ab fals semblans las gens
> Dezordenadamens,
> Perque no sec razo,
> Mas que tota sazo
> Sec plana volontat.

se fit entendre : « Amants ! qui m'avez pris pour arbitre , j'ai
» dû juger sur la requête qui m'a été présentée ; toutefois
» je consens à révoquer mon arrêt. Je vous entendrai tous
» deux , vous et votre dame , et prononcerai en connaissance
» de cause. »

L'amante prit la parole et dit : « Amour , c'est être par
» trop effronté que de vouloir publier son propre déshonneur;
» mais ce traître veut que je lui reproche ses torts; je ne
» l'épargnerai pas, car il y va de sa vie. Le perfide ! plus j'étais
» envers lui prodigue de mes bontés , plus il prenait à cœur de
» me prodiguer soucis, honte et tourments. J'ai bravé l'opinion
» du monde , je l'ai comblé de douces faveurs; le déloyal a eu
» l'audace de s'en vanter et m'a ravi repos et bonheur , en
» m'exposant aux reproches de ceux à qui je suis tenue d'obéir.»

L'amant se défendit en ces termes : « Les médisants peuvent
» changer en pleurs les joies des timides amants ; mais leur
» pouvoir doit être nul sur les vrais amoureux , inébranlables
» dans leurs sentiments; car ils ferment l'oreille à ces viles
» calomnies. J'étais toujours resté fidèle à mon amie , et ne
» cessais de l'aimer de toute mon ame. Devait – elle croire
» légèrement que je la compromettais au risque de lui causer
» peine et malheur et de me perdre moi-même ? »

L'amante répliqua : « Telles excuses sont bien faible
» défense, et le malheureux n'aura rien à répondre à ce dont
» je vais l'accuser. De même que pour avoir entrevu le gant
» on voudrait posséder la main , cet homme plein d'astuce et
» de malice , me trouvant indulgente et facile , méditait de me
» forcer à subir sa loi , bien qu'il ne dût jamais s'attendre à
» me voir forfaire à l'honneur. Après un si coupable dessein ,
» je te le demande, Amour , n'ai-je pas droit de m'attendre à
» ce que tu le condamnes à mort ?

Mais l'amant reprit encore : » Quelle que soit la faiblesse de
» son droit , tout homme , jaloux de son honneur , doit la

« vérité à son suzerain, qui n'agirait pas noblement, s'il ne
» lui accordait merci. Je ne nierai donc pas que la vue de
» tant de grâces, de perfections et de beautés ne m'ait inspiré
» un ardent désir de posséder un bien si délectable. Mais
» attenter à l'honneur de ma dame, cette pensée n'est jamais
» entrée dans mon cœur. Et certes, n'aurais-je pas raison de
» lui dire qu'en se conformant à vos préceptes, elle aurait
» pu me délivrer de mon martyre, sans s'exposer à méchef. »

La dame et son serviteur, étant convenus d'écouter la
décision du dieu, et d'y obtempérer en tout point, la voix
prononça ces paroles : « Belle amie, je connais maintenant
» l'amour de votre bien-aimé et la vraie cause de vos peines.
» Nul de vous n'a failli ; tel est mon sentiment. Ce n'est de
» part et d'autre qu'un mésentendu ; mais il faut qu'une
» franche réconciliation prévienne les tristes résultats qu'amè-
» nerait plus longue inimitié. Je veux donc qu'il soit, comme
» par le passé, votre servant et que vous le récompensiez de
» son servage. » L'auteur ajoute que le jugement fut exécuté.

Quelque révélation que semble renfermer la romance de
Çorgi, elle n'en reste pas moins du domaine de la fiction ; et
vouloir s'en faire une arme, dans une controverse, ce serait
rompre en visière à la saine critique. Une nouvelle de Ramon
Vidal de Bézaudun (vers 1210) va nous mettre en face de la
réalité. Sous le point de vue historique et critique, nous la
regardons comme un document de la plus haute importance,
sur les cours d'amour primitives ; et l'on doit s'étonner vraiment qu'un joyau si artistement travaillé soit demeuré comme
inaperçu dans la poussière des bibliothèques. Sans la manière
un peu prolixe de Ramon, nous eussions traduit la nouvelle
en entier ; mieux vaut se borner à un extrait approprié à notre
but et dont l'*appendice* offrira le texte en majeure partie. Comme
peinture de mœurs, cette charmante production a quelque
droit d'intéresser le lecteur.

§ IV.

NOUVELLE DE RAMON VIDAL DE BEZAUDUN (1).

En ce temps où il y avait *joy* (2), où l'on prisait la sincérité en amour, l'urbanité et les aimables façons, vivait en Limousin, non loin d'Exideuil, un chevalier valeureux, plein de générosité et de courtoisie, en un mot, un preux accompli. Son nom, j'aurais quelque peine à vous le dire, car je l'ignore. Ce chevalier, d'ailleurs, ne prenait rang parmi les hauts barons du pays, et si je suis bien informé, n'était seigneur que d'un castel basset; partant son nom ne pouvait avoir même célébrité que celui d'un comte ou d'un roi; mais il n'en était pas moins chéri et estimé de tous ses voisins. Il me souvient également qu'en ce même temps, résidait en Limousin une dame aussi noble de cœur que de lignage, l'épouse d'un châtelain riche et puissant. Notre chevalier l'aima par amour, c'était grande hardiesse de sa part; mais le voyant doué d'un si rare mérite, la dame agréa tout d'abord son hommage, sans s'arrêter à sa médiocre fortune, car disait le gentil Bernard de Ventadour :

« Amor segon ricor no vay. »
« L'amour ne suit pas la richesse. »

N'allez pas croire au moins qu'admis en ce doux servage, le chevalier montrât moins de loyauté, moins de modestie; loin de là, forcé de reconnaître l'éminente supériorité de sa dame, il mit tous ses efforts à se rehausser lui-même par de belles actions, et certes il eût rougi de ressembler à un de ces moines,

---

(1) Bezaudun, vraisemblablement *Bezalu*, lat. *Bezuldinum* en Catalogne. Diez, Vie des Troub., 602.

L'*Histoire littéraire des Troubadours*, III, a donné une analyse de cette nouvelle, dont M. Diez dit s'être servi en quelques endroits. Nous n'avons pas eu occasion de parcourir ce travail et d'en profiter.   *Trad.*

(2) Le mot joy répond à exaltation chevaleresque.

qui se contentent d'être vêtus et nourris. La dame, de son côté, lui octroya mainte faveur et sans en faire mystère, voulant ôter à la médisance tout prétexte de dire qu'elle honorait peut-être en secret quelqu'indigne amant. Ainsi l'espace de sept années, elle écouta les tendres supplications de son servant et consentit même à porter un bracelet comme gage de sa foi.

Un jour de printemps, le chevalier était en visite chez sa dame. Assis auprès d'elle et fatigué d'une si longue et si vaine attente, il s'enhardit, sollicita le don d'amoureuse merci, et ses instances devinrent si pressantes, que la dame, courroucée, l'interrompit brusquement et s'écria : « J'ai bien mal placé » mon affection, en l'accordant au déloyal qui voudrait mon » déshonneur, et pour lequel j'ai cependant dédaigné les plus » illustres seigneurs. Mais sachez-le bien ; je vous retire mes » bontés ; avisez à vous chercher une maîtresse qui se plie à » vos volontés, car vous ne retrouverez en moi ni indulgence » ni pardon. » Cela dit, elle lui tourna le dos et le laissa seul, triste, confondu et portant l'oreille basse. Il avait perdu en un seul jour, sans presque y penser et sans trop savoir comment, le fruit de sept années de constance.

Dans la salle où s'étoit jouée la scène, se trouvait en tiers la nièce du châtelain, gente et accorte demoiselle, qui ne comptait pas encore ses quinze printemps. Le différend du couple amoureux n'avait pu lui échapper ; elle considéra quelque temps la morne stupeur du pauvre victimé, puis s'en rapprocha, comme sans y songer, ou dans le but apparent de plaisanter avec lui. Devinant son intention, et en chevalier bien appris, il lui fit place à ses côtés ; on doit en agir ainsi à l'égard d'une noble demoiselle lorsqu'elle est belle et avenante. Celle-ci parla d'abord de choses indifférentes, comme cela se pratique, lorsqu'on vise à tirer à quelqu'un les pensées du cœur, et amena peu à peu l'entretien sur ce qu'elle désirait savoir. « Par Dieu, » lui dit-il, ma gente amie, vous me semblez si pénétrante et

» si bien avisée, que je veux vous confier mon secret et vous
» raconter ce qui se passe entre moi et ma dame. Vous le savez,
» bien que mille fois en-dessous d'elle, j'osai l'aimer. L'amour,
» qui voulait m'inspirer cette passion, sut remplir mon cœur
» de son image, et je me donnai corps et ame. Elle accepta
» l'offrande de l'humble poursuivant ; dès-lors je cessai de me
» demander à quoi me mènerait cet esclavage. S'agissait-il de
» la servir ? Je bravais tout, la nuit et le jour, bien-être et
» souffrance ; enfin, lorsqu'après sept années d'une fidélité à
» toute épreuve, j'espérais être guerdonné, voilà que je perds
» d'un seul coup mon servage et ma bien-aimée. »
— « Hélas ! ami, répondit la demoiselle, qu'avez-vous fait
» de votre jugement ? Parce que votre dame s'est montrée
» rebelle à vos désirs, vous croyez qu'elle veut rompre défini-
» tivement avec vous ! Je veux vous donner un avis, s'il vous
» convient toutefois de l'entendre. — Moi ! répliqua le chevalier,
» bien volontiers, parlez, je vous en supplie. — Eh bien, je
» vous le dis, ami, il ne faut point cesser d'être matinal, de
» visiter chaque jour votre dame, et de travailler à regagner
» ses bonnes grâces. Car un postulant en amour ne doit jamais
» se rebuter. Pour vous, l'heure n'avait pas encore sonné ;
» mais soyez-en sûr, un regard favorable vous attend. Prenez
» donc votre mal en patience, et ne vous laissez pas enlever
» en une soirée le fruit d'une si rare constance. »
Ranimé par les encouragements de la judicieuse demoiselle,
le chevalier ne manqua pas de se représenter à sa dame, à
l'heure où elle allait se livrer au repos. Le résultat de cette
démarche fut un soufflet si vigoureusement appliqué, que la
joue lui en demeura toute ensanglantée. « Arrière, fit-elle,
» arrière, présomptueux, retiens ta langue et ne me fais plus
» entendre les téméraires insultes que je t'ai interdites. » A ce
début hors de toute prévision, la jeune conseillère ne savait
trop que dire. Le chevalier ne se tint pour battu, et le len-

demain, au réveil entier de la nature, il retourne chez sa dame
et s'assied auprès d'elle. Mais à peine eut-il entamé le chapitre
des justifications, qu'on lui défendit sévèrement de revenir sur
ce sujet, il insista : la dame alors lui ordonna de se retirer
incontinent, et de ne jamais reparaître en sa présence.

Dans une position si critique, le malheureux amant eut de
fréquents *à parte* avec sa jeune confidente. Il y avait matière à
conférences : Un beau jour, il se déclara résolu de fuir à jamais
la vue de son inhumaine. La demoiselle l'en détourna, tout en
lui suggérant d'autres motifs de consolation. « Car, disait-elle,
» un fidèle serviteur de l'amour finit toujours par obtenir sa
» récompense. Que si l'une la lui dénie, l'autre l'en dédommage.»
L'invitation était assez claire ; le chevalier ne se la fit pas
répéter, et manifesta aussitôt un impatient désir de passer au
service de sa belle consolatrice. On se défendit, mais faiblement.
Il y eut donc d'un côté serment d'un éternel attachement,
serment de ne jamais oublier quelle main s'était montrée secou-
rable dans l'infortune ; de l'autre acquiescement à l'hommage,
promesse d'un baiser au bout d'un an, à supposer que l'on fût
mariée, enfin échange de bagues et de bracelets. Puis, pour
mieux honorer le nouvel objet de ses pensées, le chevalier
parfit de nouveaux exploits.

L'année révolue, je le sais pertinemment, la jeune personne
était unie à l'un des premiers seigneurs du pays, et l'amant
n'en faisait sa cour que plus assidûment.

Entre temps, la cruelle châtelaine, qui avait si mal mené son
noble serviteur, s'était fort humanisée. Sachant trop bien de
qui dépendait sa propre renommée, elle fit prier le chevalier
de revenir. Trop bien élevé pour ne pas répondre à cet appel,
il y mit toutefois peu d'empressement, et s'excusa de cette
indifférente lenteur en rappelant la manière par trop rude dont
on l'avait congédié. La dame le blâma d'avoir pris ses paroles
à la lettre ; on avait voulu simplement éprouver son amour. Lui,

avoua tout tranquillement posséder une autre amie qu'il ne voulait délaisser ; la dame, au surplus, n'avait qu'à se pourvoir d'un autre servant qui ne fût pas aussi au fait de son caractère. Sur ce, grands éclats, amers reproches, rien n'y fit ; le chevalier persista à ne pas vouloir rompre ses nouveaux liens.

Vivement outrée de cet abandon, la châtelaine manda sa rivale, et maîtrisant d'abord son dépit : « Chère amie, lui dit-
» elle, j'éprouve tel plaisir à vous voir, que j'en oublie mes
» peines et mes soucis. Vraiment, je me trouve heureuse aujour-
» d'hui d'avoir présidé à votre éducation ; car il est impossible
» que les qualités de votre ame ne répondent pas à d'aussi
» charmants dehors. Si j'en croyais, cependant, certains *on*
» *dit*, ce serait de vous que je recevrais le plus sanglant affront.
» J'avais sous mes lois un preux chevalier, qui s'employait de
» tout son pouvoir à répandre et à glorifier mon nom. Sept ans
» je sus le retenir sous mes chaînes, sans préjudice de mon
» honneur ; mais vous ! vous n'avez pas craint d'accueillir ses
» premières recherches, et en gagnant un adorateur, vous
» vous êtes perdue ! car, pour une femme non mariée, il n'est
» pas de faute plus grave que de détourner un amant de sa
» fidélité. » La nièce, interdite, ne savait d'abord que répondre,
mais se remettant bientôt, elle exprima sa gratitude pour les soins dont la châtelaine avait entouré son enfance, puis entreprit courageusement sa défense : « Rappelez-vous, dit-elle, avec
» quel zèle infatigable il vous a servie durant sept années, sans
» en être rémunéré. Belle tante, vous portez aujourd'hui la
» peine de votre cruauté ; mais la faute n'en est nullement à
» moi, car ce que j'ai fait tournait plutôt à votre avantage,
» puisque mes consolations l'ont empêché de donner cours à
» son ressentiment et à ses justes plaintes. Au demeurant, je
» m'applaudis de m'être acquis un chevalier aussi recomman-
» dable ; ne vous flattez donc pas que je vous le recède ; malgré
» toute l'envie que vous en ayez, je le garde, à moins qu'il ne

» veuille retourner à vous. S'il en était ainsi, j'y consentirais de
» grand cœur. » L'altercation continua : l'une s'obstinant à
exiger la remise de son chevalier, l'autre à soutenir que selon
le droit des amants, elle n'était point tenue de s'en dessaisir.
Finalement elles convinrent de prendre pour arbitre un chevalier de Catalogne dont on vantait la prudence et la sagesse,
et qui s'appelait sir Hugues de Mataplan.

On touchait au retour de l'été, douce saison d'amour ; l'air
était embaumé, les fleurs s'épanouissaient sur la tendre feuillée,
que n'attristaient plus la neige et les frimas. Sir Hugues traitait
dans la grande salle de son château nombre de riches barons.
Aux tables somptueusement servies ce n'était que rire et folle
joie. Partie des convives allaient et venaient dans la salle ; d'autres
jouaient aux dés, aux échecs, sur tapis et coussins verts, bleus,
vermeils ou violets. Il y avait céans de gracieuses dames, dédui-
sant avec gentillesse et amabilité ; je m'y trouvais moi-même,
et Dieu sauve l'ame de mes pères, comme il est vrai que je vis
entrer un jongleur de bonne mine, bien vêtu, lequel, après
avoir requis convenablement la permission de sir Hugues, nous
chanta mainte chanson et nous fabula maint conte. Enfin
chacun semblant satisfait de l'entendre ; et retournant à ses
premiers entretiens, il s'arrêta, demeura quelque temps silen-
cieux, puis s'adressant à sir Hugues : « Seigneur, dit-il, daignez
» ouïr les nouvelles que je vous apporte. Votre grand renom,
» et je vois aujourd'hui combien vous le méritez, votre grand
» renom est parvenu jusqu'en notre pays. Deux nobles dames
» m'ont envoyé céans vous apporter leur salut, l'assurance de
» leurs bonnes graces à toujours, et vous prier de prononcer
» dans un différend survenu entre elles. Je vais vous l'exposer
» fidèlement, et vous rendre mot à mot leur discussion. Souffrez
» seulement que je taise leurs noms, car on pourrait les recon-
» naître. »

Sir Hugues, qui était la prudence même, sembla réfléchir

un instant, non qu'il fût embarrassé de répondre, mais parce qu'il sied à tel seigneur d'agir avec calme et dignité. Il eut bientôt pris conseil de lui-même, et répondit au jongleur : « Quelque noble, quelqu'estimé que je puisse être, comme il » convient à un baron, il ne m'est pas moins pénible de ne pas » voir deux dames, qui, me semble-t-il, pourraient très-bien » m'exposer elles-mêmes leur mutuel grief. Demeurez ici cette » nuit; demain de bonne heure je serai préparé à vous entendre, » et j'expédierai brièvement votre affaire. » Ainsi fut fait, et si je vous racontais tout le soulas que nous donna le jongleur durant cette nuit, vous croiriez que j'exagère.

De bon matin, après la messe, le soleil dardait ses clairs rayons. Sir Hugues, voulant tenir sa parole, se rendit dans une prairie fraîche et verdoyante, belle enfin comme aux jours du renouveau. Nous n'étions que trois : le sir, le jongleur et moi. Nous nous assîmes près du baron. L'air était parfumé, le ciel serein, et bientôt, avec son affabilité ordinaire, le noble chevalier, s'adressant au jongleur : « Ami, fit-il, vous êtes venu » près de moi pour vous acquitter de votre message; mais le » jugement dont me requérez me donne beaucoup à penser, » parce qu'en telle affaire, il est bien difficile de ne mécontenter » personne. Néanmoins, puisqu'il est reçu entre les preux de » prononcer en pareille matière, je vous en dirai mon semblant. » Vous me disiez qu'un vaillant chevalier du Limousin, sachant » combien l'amour promet de doux prix et de doux succès au » féal amant, adressa ses vœux à une dame de haut parage, » laquelle, appréciant son noble caractère, daigna l'accepter » à toujours pour serviteur et pour ami. Que las de souffrir sans » guerdon, il tenta de contraindre sa dame à merci, prétention » qui fut traitée d'offense. Je n'ai pas oublié non plus que la » jeune demoiselle s'empara de cet amant rebuté, et que la » châtelaine, l'ayant rappelé, et ne pouvant réussir à le ramener » sous ses lois, traita l'ex-soupirant de cœur félon, malicieux

» et léger, et sa rivale d'ennemie. Parler sensément, vous le
» savez, ami, exige du bon sens et de l'expérience; c'est
» pourquoi je me suis mis en relation avec des personnes recom-
» mandables; et comme la science avait éclairé ma raison et
» que j'étais versé dans les affaires litigieuses, je me suis vu
» honoré de la confiance des nobles sociétés et de l'affection
» de mainte dame. J'ajouterai qu'il m'en est revenu beaucoup
» de bien. Je vous dirai donc : Soutenir que le véritable amant
» ne doit prendre pour guide que ses propres penchants, c'est
» le langage des insensés, et je leur adresserai la sentence de
» Pierre Vidal : *Il est trop vrai; l'amour peut égarer un sage*
» *et l'entraîner malgré lui à maintes folies; et je ne connais pas*
» *de situation dans la vie où il faille apporter plus de vigilance*
» *et de soin à maîtriser les écarts de notre volonté.* Nombre
» d'imprudents dissipent en un jour ou deux ce qu'ils avaient
» péniblement amassé en sept années. C'est qu'ils ne savaient
» point aimer; c'est qu'ils n'écoutaient que les mouvements
» impétueux de leur ame. En maltraitant ainsi son chevalier,
» sans égard au passé, la noble dame ne s'est point conduite
» avec sagesse. Elle ne voulait, dit-on, qu'éprouver son cœur ;
» je répondrai : telle épreuve n'est prudence, mais folie. L'a-
» mour fait la joie du sage et le malheur de l'insensé. Aussi un
» grand maître, le sir de Miraval, disait-il : *L'amour a pro-*
» *mulgué nombre de lois, mais il n'en reste pas moins une*
» *source d'injustices, de luttes ou de querelles. Avec une égale*
» *facilité, il persévère ou s'évanouit comme une ombre, passe*
» *du calme à l'orage : mainte fois le soupir trahit sa douleur ;*
» *mainte fois elle ne fait entendre qu'une voix caressante.*
» L'amour vient du cœur, et l'amant éprouve une jouissance
» à flatter son idole et à lui pardonner. C'est pour cela qu'il
» doit subir un servage, sans lequel il n'y aurait pas d'amour
» durable. Je le vois dans les autres et l'éprouve en moi-même,
» l'amour n'est autre chose qu'une affection constante entre

» personnes loyales , et cette affection du cœur fait le véritable
» amant. Je décide donc que le chevalier oubliera les torts de
» sa dame, considérant qu'elle n'a failli qu'en parole et se
» repent de sa faute; considérant qu'elle n'a jamais eu l'in-
» tention de rompre avec lui. Quant à la demoiselle qui a
» circonvenu le chevalier avec tant d'adresse, on ne saurait
» l'en blâmer, car elle a montré, dans toute sa conduite, gen-
» tillesse et convenance. Néanmoins, s'approprier l'ami d'une
» autre , c'est dans une femme manque de jugement. Ainsi je
» prie, conseille et enjoins, que liberté soit rendue au transfuge;
» au besoin , qu'on lui donne congé formel, s'il persistait dans
» son ressentiment et refusait de retourner à sa dame et maî-
» tresse. Car il n'y a pas d'amour sans merci, et j'aurais mau-
» vaise opinion d'une femme qui encouragerait un amant dans
» sa forfaiture envers son amie. »

« Tel fut son arrêt, et vraiment je n'ai jamais vu jongleur
mieux remplir sa mission. Dans la suite, j'ai appris de bonne
source que ce jugement avait été agréé sans restriction, et
que depuis lors maint poursuivant d'amour supportait avec plus
de patience les rigueurs de l'attente. »

Chercher à établir la réalité de ces poétiques incidents, ce
serait peine perdue; bornons-nous à réclamer une possibilité
de fait. Mais dès-lors, il faut bien se pénétrer de cette vérité.
Les nouvelles du moyen-âge ne sont, dans leur ensemble ,
qu'une fidèle peinture de la vie de château, moulée dans ses
plus minutieux détails, en un mot, le miroir du temps. En
effet, les penchants, les sympathies, les usages de l'époque
contemporaine, voilà l'étoffe poétique. En costumer les acteurs
qu'il pouvait introduire en scène à sa fantaisie, mais dont les
caractères respectifs étaient tracés à l'avance, c'était l'art du
poète. Libre à lui de draper avec imagination tel ou tel per-
sonnage, mais produire des physionomies étrangères, autrement
frappées qu'à l'empreinte nationale, c'eût été compromettre

l'existence de sa nouvelle. Aussi voyons-nous le grand Alexandre et le sage Aristote, parler, agir constamment, l'un comme un preux chevalier, l'autre comme un docte abbé. Nous sommes donc fondés à reconnaître, dans les créations poétiques précitées, une vérité intrinsèque, sinon matérielle. Notez, toutefois, que Ramon Vidal a pu trouver opportun de mêler à sa fiction le nom d'un contemporain considéré, comme l'était assurément le sir de Mataplan. Peut-être ambitionnait-il de vivre à sa cour. Ce désir perce au fond de sa pensée et ressort de son œuvre.

Somme toute, on ne pourra disconvenir que le troubadour ne nous ait énarré une coutume du temps. Cela posé, nous en déduirons des conclusions satisfaisantes.

Quoi de plus remarquable que les vers où le poète fait exposer à sir Hugues les motifs pour lesquels il assume la connaissance de cette affaire :

> Per so car en *despagamen*
> *Venon ades aital afar;*
> Mas non per tal, per so car far
> *Aital castic val entr' els pros,*
> Vuelh, que-m portes à la razos,
> Que m'aves dichas, mo semblan.

« Parce qu'en telle affaire, il est difficile de ne mécontenter » personne. Néanmoins, puisqu'il est reçu entre les preux de » prononcer en pareille matière, je vous en dirai mon semblant.»

Ces expressions du poète inspirent d'autant moins de méfiance, que, jetées en quelque sorte incidemment, elles semblent faire allusion à un fait de notoriété publique.

On soumettait les points litigieux en amour à l'arbitrage d'un juge ; plus de doute sur la réalité de cette singulière coutume au temps de Ramon, voire antérieurement ; et cet office de médiateur honorait la personne désignée par le choix des parties. Bertrand Carbonel, dans une complainte sur la mort d'un ami,

rappelle l'habileté du défunt à résoudre les questions contentieuses en matière d'amour, comme un des traits qui doivent
illustrer sa mémoire :

> .... E totas questios
> El solvia, el dava jutjamen
> Si que a tots era mais d'agradatje.
>
> R., V, 160.

« Il savait résoudre toutes les questions, et ses jugements
étaient tels, qu'il n'en était que mieux vu de tous. »

Pierre de Durban se vante lui-même (R., V, 313) :

> Qu'ieu sai jutgar los tortz el's dreitz d'amor.

Ce genre de procédure, on doit s'y attendre, présente plus
d'une analogie avec les anciens rites judiciaires. En effet, à
l'instar des assemblées provinciales, *placita minora*, nous voyons
le juge tenir séance à ciel découvert. C'était un usage auquel
on dérogeait rarement (1). Secondement, le juge devait être
à jeun, et le sir de Mataplan s'y conforme, en remettant l'au-
dience au lendemain, après l'audition de la messe (2).

<h2 align="center">§ V.</h2>

JUGEMENT RENDU PAR UN ANONYME.

Les œuvres des poètes occitaniens nous fournissent une autre
pièce justificative, dans la sentence rendue par un anonyme,
sur demande de Guillaume de Berguédan et de sa bien-aimée.
Elle comprend 86 vers, dont 24 sont malheureusement illisibles

---

(1) Placita vero tenebantur in locis apertis, publicis, sub dio — interdum tamen
in ædibus ac locis opertis. Du Cange. Gloss. med. et inf. lat. vide: placitum.

(2) Placita jejuni judices tenere jubentur. L. C.

dans le manuscrit que nous avons eu sous les yeux. Voici le début :

« Rendre un arrêt, est une tâche qui me donne beaucoup
» à réfléchir. Comment parvenir à prononcer avec équité dans
» une querelle d'amants. Quelque grand sens que l'on possède,
» il faut, en pareil cas, rentrer en soi-même et méditer pro-
» fondément. Guillaume de Berguédan se plaint de ce que son
» amie le frustre de droits acquis : tel est son dire ; la dame
» s'en défend bel et bien, et ne pouvant s'entendre, tous deux
» sont convenus de s'en remettre à ma décision. »

Après cet exorde, vient la plainte du demandeur. Il expose qu'il a aimé une demoiselle alors qu'elle n'était encore qu'une enfant. Dès-lors, promesse lui fut faite d'un baiser, et main-tenant, au jour de l'échéance, on se refuse à acquitter l'obli-gation. La belle répond qu'à l'âge où elle a pris cet engagement, elle ne pouvait en comprendre la portée ; partant qu'il lui est loisible de s'y soustraire.

Le juge reconnaît en droit que la demoiselle est tenue de livrer le baiser promis, et le plaignant de le lui restituer à l'instant (1).

Cette sentence est précieuse pour nous ; c'est la minute d'un arrêt en toute forme, et tel qu'il ne s'en est point conservé. Que l'on rapproche maintenant la romance de Bertholomé Çorgi, simple allégorie d'un tribunal d'amour, la nouvelle de

---

(1) Raynouard cite déjà ce jugement (p. cxxi) : « Le seigneur, après avoir pris conseil, décide, » et veut y reconnaître un arrêt de cour d'amour. Il nous manque l'original du passage altéré dans le manuscrit dont nous nous sommes servi. La traduction est-elle fidèle ? Il ne s'agit alors que d'un conseil que l'anonyme tient avec lui-même, autrement ce passage contredirait l'exorde où il a professé sa manière de juger. Influencé sans doute par sa croyance au livre de la loi d'amour, Raynouard va également trop loin en traduisant *en dreg d'amor* par *selon le droit d'amour*. Cette locution revient très-fréquemment et signifie : en ce qui tient à l'amour.

Ramon Vidal et le jugement de notre anonyme, on remarquera que, dans les trois cas, l'arrêt n'émane en aucune manière d'une cour d'amour, et, circonstance bien digne de fixer notre attention, que le sir de Mataplan, bien qu'entouré de seigneurs et de dames qu'il pouvait si aisément constituer en cour d'amour, évoque l'affaire à huis clos et prononce seulement en présence du poète et du Mercure galant.

C'est toujours la conséquence du principe développé plus haut, de ce mystère en affaires d'amour, mystère incompatible avec la publicité d'une cour, mais faiblement compromis par une confidence faite à un seul juge. D'ailleurs la circonspection de nos dames n'est-elle pas poussée à l'extrême ? On s'adresse à un chevalier prudent, expert en amour, et encore sous la double sauve-garde de l'incognito et d'un fidèle messager. Quant au juge anonyme, il croit devoir taire le nom de la dame.

Il faut également en prendre acte : Nulle part il n'est fait mention d'un livre de la loi d'amour, dont les cours auraient pu faire application. Nos juges s'accordent, en ce qu'ils donnent tous trois le motivé de l'arrêt ; mais sir Hugues ne s'appuie que sur des passages de poètes célèbres : les deux autres sur les lois de la raison.

En résumé, l'examen de la poésie provençale constate entre les amants la coutume de soumettre leurs contestations à l'arbitrage d'un juge, sous le voile de l'anonyme. Dans les trois procès, nous ne retrouvons nulle trace de l'intervention des célèbres cours d'amour ; leur nom n'y est pas même articulé ; c'est un motif suffisant pour élever un doute fondé sur leur existence.

CHAPITRE II.

NOSTRADAMUS OU JÉHAN DE NOSTREDAME.

Si le pinceau de Jehan de Nostre-Dame a renouvelé l'illusion, si l'on a tenté de reconstruire l'édifice d'après les dires de sa biographie des Troubadours (Lyon 1575), c'est bien faute d'avoir pesé la validité du témoin, et la teneur du témoignage. Usez de son livre avec la plus grande circonspection, et seulement comme notices auxiliares; car on peut, sans crainte, lui infliger un double reproche. Ce sont d'abord de continuelles exagérations, enfantées par l'engouement de l'écrivain pour la poésie dont il trace l'histoire, poésie qu'il voudroit à toute force placer sous l'auréole la plus brillante; d'où il lui arrive, comme dit le proverbe, de voir un éléphant dans une mouche. Aussi les jongleurs deviennent-ils des *comiques* : le simple débit d'une poésie c'est la pompeuse représentation d'une comédie ou d'une tragédie; et les chansons ou les recueils de chansons ne sont rien moins que des traités (1), *tracites*.

L'ouvrage, en second lieu, fourmille d'anachronismes historiques et chronologiques, mainte fois relevés par La Curne de Sainte-Palaye, dans son histoire des Troubadours, compilée par l'abbé Millot, et en partie signalés par le profond Tiraboschi; enfin sa grande autorité, son Moine des îles d'Or, est un oracle peu sûr, ou un oracle mal interprété.

Soit dit en passant : estimer à son taux la véracité, le mérite du témoin, c'est s'épargner la discussion de témoignages à

---

(1) Voyez la vie de Hugues Brunet, p. 68, de Rogier, p. 202, de Gaucelm Faidit, 62, de Palasol, 239, d'Arnaut Daniel, 41.

l'aide desquels, au surplus, on ne saurait établir une seule fois, dans le sens identique du mot, l'existence des cours d'amour. Néanmoins ceci mérite confirmation. Nous allons produire les principales assertions de notre biographe :

« Les tensons, dit-il, estoyent disputes d'amours, qui se
» faisoyent entre les chevaliers et dames poëtes entreparlans
» ensemble de quelque belle et subtille question d'amours, et
» ou ils ne s'en pouvoyent accorder, ils les envoyoyent pour
» en avoir la diffinition aux dames illustres présidentes, qui
» tenoyent cour d'amour ouverte ou planière à Signe et à
» Pierrefeu ou à Romanin, ou à autres, et ladessus en faisoyent
» arrests, qu'on nommoyt *lous arrests d'amours.* » (P. 15.)

Voici donc les cours caractérisées, comme sociétés *poétiques,* donnant solution sur des *questions d'amour.*

Plus loin, Nostradamus cite une tenson, entre Guiraut et Peyronnet, la même dont nous avons parlé plus haut, et ajoute :
« Finalement, voyant que ceste question estoit haulte et difficile,
» ils l'envoyèrent aux dames illustres, tenans cour d'amour à
» Pierrefeu et à Signe, qu'estoit cour planière et ouverte, pleine
» d'immortelles louanges, aornée de nobles dames et de cheva-
» liers du pays, pour avoir déterminaison d'icelle question. »
(P. 27.) Il rapporte encore d'autres circonstances où ces cours auraient prononcé sur des questions d'amour.

Dans la vie de Marcabrun vient l'éloge de la mère de ce troubadour, « laquelle estoit docte et savante aux bonnes let-
» tres et la plus fameuse poëte en nostre langue provençalle et
» ès autres langues vulgaires, autant qu'on eust peu desirer,
» tenoit cour d'amour ouverte en Avignon, ou se trouvoyent
» tous les poëtes, gentilshommes et gentilsfemmes du pays pour
» ouyr les deffinitions des questions et tensons d'amour, qui
» y estoyent proposees et envoyees par les seigneurs et dames
» de toutes les marches et contrées de l'environ. » (P. 208.)

Il dit enfin d'Estéphanette de Gantelmes et de sa nièce Lau-

rette de Sado (la Laure de Pétrarque) : « Toutes deux roman-
» soyent promptement en toute sorte de rithme provensalle
» suivant ce qu'en a dit le Monge des îles d'Or , les œuvres des-
» quelles rendent ample témoignage de leur doctrine. . . . Il est
» vrai (dict le Monge) que Phanette ou Estephanette , connue
» très-excellente en la poésie , avoit une fureur ou inspiration
» divine , laquelle fureur étoit estimé un vray don de Dieu ,
» elles estoient accompagnées de plusieurs. . . . dames illustres
» et généreuses de Provence qui fleurissoyent de ce temps en
» Avignon , lorsque la cour romaine y résidoit , qui s'adon-
» noyent à l'estude des lettres , tenans cour d'amour ouverte
» et y deffinissoyent les questions d'amour qui y estoient pro-
» posées et envoyées. . . . Guillen et Pierre Balbz et Loys des
» Lascaris, comtes de Vintimille , de Tende et de la Brigue ,
» personnages de grand renom , estans venus de ce temps en
» Avignon , visiter Innocent VI du nom , pape , furent ouyr
» les deffinitions et sentences d'amour prononcées par ces
» dames; lesquels esmerveillez et ravis de leurs beaultés et sa-
» voir , furent surpris de leur amour. » (P. 218.)

Quel dommage , pour cette brillante peinture , que ces deux
doctes dames soient décédées , de l'aveu même de Nostradamus,
en 1348 , et que l'avénement d'Innocent au trône pontifical
ne remonte qu'à l'année 1352.

Il y aurait vraiment de l'habileté à découvrir , dans ces différents passages, des tribunaux d'amour. On ne pourra tirer
grand parti des expressions : *tensons* et *questions d'amour* , car
l'auteur déclare tout d'abord que les premières étaient un genre
de poésie dont les secondes formaient le sujet. Répétons-le,
il ne s'agit nullement ici de tribunaux d'amour : dès lors l'objet
de ces réunions n'est plus rigoureusement du domaine de notre
examen. Toutefois, sans trop dévier de notre but , nous pou-
vons amener la question sur ce terrain.

La littérature provençale ne contient nul vestige de sociétés

formellement constituées pour le culte de la poésie; mais à
dater de la décadence, c'est-à-dire à dater du XIV.ᵉ siècle,
logiquement parlant, il n'y aurait rien à objecter contre la possibilité de leur existence. Si l'on se rend compte, en effet, des
vicissitudes qu'a subies ce bel art chez les autres peuples, on
conviendra qu'au temps où l'étoile pâlit, de pareilles institutions sont des auxiliaires utiles ou même nécessaires. L'histoire
nous en offre un exemple dans les jeux floraux de Toulouse,
établis en 1352. Conséquemment, il se pourrait qu'on eût fondé
des corporations analogues à Avignon. Mais le fait n'en reste pas
moins invraisemblable, attendu le silence de l'histoire et celui
de Pétrarque sur les talents poétiques de Laure.

Nous inclinons d'après cela à ne voir dans les cours d'amour
de Nostradamus que des réunions fortuites de ces assemblées
de dames et de chevaliers, dans lesquelles, outre maint poétique
passe-temps, on soulevait et on discutait parfois des questions
érotiques. Ce ne sont là que jeux ordinaires de société, appro-
priés seulement à l'esprit subtil et ergoteur de l'époque et de
nature à lui plaire. Mainte fois les troubadours rappellent ces
sortes de séances littéraires tenues dans les petites cours des
seigneurs, où la poésie venait s'entremêler aux autres déduits;
et, ce qui n'est pas indifférent, ils les désignent par le mot
cort (1).

Le nom de *cours d'amour* pourrait bien être une invention
du moine si souvent invoqué par Jéhan de Nostre-Dame. Le
mot *cort* était déjà en usage de son temps; et quoi de plus naturel ? Ébloui par ce substantif, partout où les poètes en fai-

---

(1) Les poètes y produisaient leurs chansons. Quelques exemples :

Guiraut de Borneill dit :

> Ben deu en bona *cort* dir
> Bon sonet, qu'il fai...

saient emploi il croyait voir apparaître une cour d'amour. Dans la tenson entre Guiraut et Peyronnet, *cort* a la signification d'*arrêt*; mais l'ambiguité du terme pouvait entretenir l'illusion du bon moine. La méprise, au surplus, pourrait être du fait de Jéhan de Nostre-Dame.

L'énumération des dames présidentes de la prétendue cour, le biographe nous l'apprend lui-même dans la vie d'Estéphanette de Gantelm, ne repose en aucune manière sur des documents historiques, mais simplement sur la lecture des poètes qui avaient chanté leurs louanges.

Boccace, contemporain d'Estéphanette et de Laure, nous offre, dans son *Filocopo* (lib. V.), le type d'un de ces entretiens poétiques défigurés par Nostradamus, et qui ne laisse guère soupçonner une création du conteur; car Boccace préfère, ce semble, broder sur un thème donné qu'inventer lui-même. Il nous raconte qu'une société s'étant réunie chez une reine, chacun, à tour de rôle, lui soumet des points litigieux en amour, en sollicitant sa décision, laquelle est motivée et contredite. Boccace appelle cet entretien précisément comme notre auteur : *questioni d'amori*. Le *Filocopo* étant aujourd'hui relégué parmi ces ouvrages dont on ne lit plus guère que l'intitulé, nous ferons suivre la traduction de la première des treize nouvelles.

La reine s'adressant à Filocopo qui siégeait à sa droite,

Peire d'Auvergne :

> Bel m'es , qui a son bon sen,
> Qu'en bona *cort* lo prezen ,
> C'uns bes ab autre s'enansa ,
> E ricx mestiers conegutz
> Lai on plus es mantengutz
> Val mais c'a la comensansa.

Ces deux citations sont inédites.

« Jeune homme, fit-elle, vous parlerez le premier ; les autres vous succéderont dans l'ordre où nous sommes assis. — Noble dame, répond Filocopo, j'obéis sans retard : un jour, il m'en souvient, on avait organisé, dans ma ville natale, un grand divertissement, que nombre de dames et de chevaliers honoraient de leur présence. Je m'y trouvais, et tout en faisant revue des assistants, je distinguai un couple de jouvencels de bonne mine et de gentil maintien, tous deux absorbés dans la contemplation d'une jeune personne charmante ; et vraiment, il eût été difficile de dire lequel des deux était le mieux épris, le plus extasié à la vue de tant d'attraits. Après une longue et muette admiration pendant laquelle la belle ne semblait faire aucune différence entre les deux soupirants, ils commencèrent à s'entretenir ; et dans ce que je pus saisir de cet intéressant dialogue, je compris que chacun d'eux se donnait pour le préféré, interprétant à son avantage mainte œillade favorable dont il avait été l'objet. La discussion s'échauffait et dégénérait en invectives, lorsqu'ils tombèrent d'accord que c'était folie de débattre ainsi leurs prétentions au risque de se brouiller et d'encourir peut-être le déplaisir de leur amie : ils allèrent trouver la mère, également présente à la fête, et lui firent cette proposition : « Votre fille nous ravit entre toutes les belles ; mais nous
» différons d'opinion sur le succès de nos amours. Otez-nous
» cette pomme de discorde ; daignez lui enjoindre de désigner
» par un mot, ou par un signe l'amant de prédilection. » La mère, souriant à cette demande, appela sa fille et lui dit :
« Chère enfant, voici deux jeunes gens qui t'aiment de toute
» leur ame et se querellent pour savoir lequel des deux t'est le
» plus cher. Ils te demandent un mot, un signe qui les tire
» d'incertitude. L'amour ne doit engendrer que paix et liesse ;
» de peur qu'il n'en soit autrement, il faut les contenter, ma
» fille, et leur donner gentiment à entendre le choix de ton
» cœur. » — J'y consens, répondit la jeune personne. Un

regard lui fit remarquer que l'un des deux portait une fraîche couronne de fleurs et de feuillée. Détachant aussitôt la verte guirlande qui entourait son propre chapel, elle la posa sur le front qui n'avait pas d'ornement; puis, enlevant avec prestesse la couronne de son rival, elle la ceignit, et courut rejoindre la fête, en leur jetant pour adieu qu'elle avait obéi à sa mère et satisfait à leurs désirs.

L'opinion de la reine fut que le prétendant couronné était le mieux favorisé (1).

<hr>

(1) Un des imitateurs de Boccace, Geraldi, raconte quelque chose de semblable. Voyez *Hecatommithi*, deca **X**, *nov*. 2.

CHAPITRE III.

TROUVÈRES OU POÈTES FRANÇAIS JUSQU'AU XIV.ᵉ SIÈCLE.

En franchissant, vers le nord, la frontière territoriale de cette langue occitanienne belle et sonore, on atteignait, bien qu'en-deçà de la Loire, au domaine d'un idiôme moins relevé, mais essentiellement en affinité avec le provençal, la France ou le pays de la langue d'oil. Cette distinction nominale n'était point un obstacle au commerce politique et intellectuel entre deux sœurs, parvenues à-peu-près au même degré de l'échelle de la civilisation. Mais ce qui frappe de prime abord chez les Français, surtout à mesure qu'on s'éloigne du midi, c'est cette propension marquée aux sociétés, aux confréries. Elle nous explique comment ils ont possédé de si bonne heure des réunions poétiques. En effet, même antérieurement au XIII.ᵉ siècle, on ne peut révoquer en doute l'existence de ces espèces de jurys qui jugeaient du mérite des poésies, et comme on le dit, les couronnaient. Toutefois leur but, leur organisation, trahissaient l'influence exclusive de l'Église. N'était-ce pas pour rehausser l'éclat des fêtes patronales qu'elles proposaient des prix annuels pour la meilleure pièce en l'honneur du saint du jour ? Mais vers le milieu du XIII.ᵉ siècle, et particulièrement dans le XIV.ᵉ, on voit surgir dans le nord de la France, notamment dans les villes florissantes de Normandie, de Picardie, de Flandre et d'Artois, où le goût des solennités, des corporations était indigène, un grand nombre d'institutions qui peuvent revendiquer à bon droit le titre de sociétés poétiques.

Elles se rassemblaient annuellement une ou plusieurs fois, pour juger les chansons poétiques envoyées ou présentées par l'auteur lui-même, couronnaient les mieux méritantes, et en déposaient une partie dans leurs archives. Ces séances se nommaient *puys*, c'est-à-dire échafaud, parce qu'elles se tenaiént sur un théâtre en planche. Les puys les plus renommés étaient ceux d'Amiens, d'Arras et de Valenciennes (1).

Telles étaient ces sociétés que l'on a également assimilées aux cours d'amour, bien qu'elles n'en présentassent ni l'idée ni le nom (2). Leur organisation en tribunaux purement poétiques se prouve par maint passage manuscrit; et nous croyons prendre ici l'initiative de la citation, car, sauf erreur, les écrivains qui ont trouvé bon de les proclamer cours d'amour n'ont pas jugé à propos de mentionner leurs autorités.

Monseigneur Audrieu Douche dit, à la fin d'une de ses chansons :

> Chanson va t'en tout sans loissir,
> Au pui d'Arras te fai oïr
> A ceulz qui sevent chans fournir :
> La sont li bon entendeour,
> Qui jugeront bien la meillour
> De nos chansons et sans mentir.

Messire Audrieu Contredis s'exprime à-peu-près de même :

> Chanson va t'en sans nulle arestoison
> Droit à Arras au *pui* sans demourée,
> La fai chanter et le dit et le son,
> La seres vous oïe et escoutée.

Un inconnu :

> Chanson lues qu'es au *pui* d'Arras oïe,
> Si t'en va droit, ma dame saluer.

---

(1) Voyez Roquefort : De l'état de la poésie française, etc., p. 95, 97, 378 — 387. — Voyez Serventois et soltes chansons couronpées à Valenciennes, édités par Hécart.

(2) Roquefort, p. 93, 222.

On appelait ces jurys de chansons d'amour (par opposition
à ceux qui jugeaient les chansons religieuses) *puys d'amour* (1).
Un inconnu dit :

> S'au *pui d'amours* fust retenus mos chans,
> Conquis auroie eureuse soldée.

Un autre :

> Quar onques mais ne chantai
> Au *pui d'amours*, ce m'est vis.

Un troisième :

> Au pui d'Arras vœil mon chant envoyer
> Ou je l'irai meisme presenter,
> Pour ceulz du *pui et amours* saluer.

Nous lisons à la fin d'un canson attribué au roi de Navarre
(Delaborde , II , 229) :

> *Au pui d'amors* convenance tenrai
> Tout mon vivant, soie amez ou haïs.

Il y a si peu d'analogie entre ces *puys* et les tribunaux d'a-
mour, que nul indice ne laisse soupçonner qu'on y ait traité
à l'instar des tensons les questions contentieuses de la science
érotique ; et cependant, la chanson de défi était indigène en
France , et n'y différait en rien de la tenson provençale. Nous
retrouvons les poètes rivaux , terminant la lutte par le choix
d'un ou plusieurs juges, hommes ou femmes , mais ne désignant
jamais un tribunal proprement dit , ou qualifié cour d'amour.

---

(1) Les réglements de la Société des troubadours, à Toulouse, portaient le nom
de *leyes d'amor*. Voyez Mayans y Siscar, *Origines de la lengua espanola*. T. II,
p. 322. Quelques *leys d'amor* se sont conservés. Voyez Ray., I, p. 125.

Une autre particularité, dont il faut tenir compte en parcourant l'ancienne poésie française, c'est la coutume de représenter le dieu d'amour tenant cour plénière en sa qualité de juge et de législateur. Cette mode fut l'apanage des XIII.e et XIV.e siècles, ère d'engouement pour ce genre allégorique, également en faveur en Allemagne et en Italie, mais qui n'en était pas moins, semblerait-il, une importation française. La plupart des poètes qui nous parlent de cours, de statuts, d'arrêts d'amour, s'en tiennent, il est vrai, à cette personnification banale, consacrée par la poétique du temps. Mais il en est qui l'enflent aux proportions d'une allégorie en toute forme, s'étudient à saisir les traits caractéristiques de l'amour et à les figurer par des emblêmes parlants. Il faut citer comme morceau capital en ce genre : *Li fablel dou dieu d'amours* (poésie du commencement du XIII.e siècle, éditée par Jubinal, 1834) (1). Le troubadour Guiraut de Calanson connaît déjà l'emploi de l'allégorie. (R., III, 391.) Nous la rencontrons également dans les anciens classiques italiens, notamment dans le *trionfo d'amore* de Pétrarque, et la *visione amorosa* de Boccace (2).

---

(1) C'est ici de l'allégorie transcendante. Le trouvère décrit l'entrée du palais de l'amour. Le pont est fait de *rotruenges* (chansons), — les planches de *dis et de canchons*, — les piliers de *son de harpe*, — et les solives ou saillies de *dous lais bretons*, — les fossés, de *souspirs en plaignant*, — et l'eau courante qui les remplit ce sont *les larmes d'ivresse des amants*, etc. Il y a dans cette pièce des pensées d'une exquise naïveté. Une demoiselle s'est laissé enlever par son ami. Un chevalier les surprend dans leur fuite et veut s'emparer de la belle. De là combat singulier.

> Quant la bataille vic por moi comenchier
> Le mien ami armai d'ou seul baisier
> Puis m'alai sir les l'ombre d'un lorier.

(*Trad.*)

(2) Les manuscrits d'Heidelberg, N° 313-393, contiennent des poésies allégoriques en langue allemande. *Reise zum Gericht der Venus oder Mynne.* (Voyage au tribunal de Vénus ou de l'Amour); — *Der Frau Venus Konigin der Minne,*

Mais qui l'a poussée à outrance, c'est Jehan de Meung, auteur de ce *Roman de la rose*, tant et tant célébré, où le dieu d'amour, formant ses allégoriques vassaux en *ost* (armée), en *court*, en *parlement*, ne joue pas un médiocre rôle (1).

Gericht über einer Frauen Hertigkeit, nebst der liebe Regel und orden. (Sentence de dame Vénus, reine d'Amour, contre la dame Dureté);—*Klagen einer Liebenden und ihres Anwalts vor der frau Minne über die Untreue ihres Ritters und Entscheidung der Richterinnen* (Plainte d'une amante et de son avocat par-devant la dame d'amour, sur l'infidélité de son amant. Jugement.); — *Der minne Gericht* (la justice d'amour); — *Lehren der Minne an mehreren stellen.*

Voyez Wilkens. *Gesch. der Heidelb. Büchersammlung.* (Hist. de la biblioth. d'Heidelberg), p. 402-404, 463. Voy. Adelung. : *Altd. gedichte in Rom.* (Anciennes poésies allem. à Rome). D'autres se trouvent encore dans les esquisses (*Grundriss*) de Vonderhagen et Büsching, p. 444, etc. Dans les Miscellanées de Docens on lit une pièce intitulée les Dix commandements de l'amour (10 *Geboten der Minne*). Ce nombre était en faveur, et pour cause. Jehan de Meung l'avait adopté dans son roman de la Rose (vers 1064), et nombre de ses arrière-successeurs l'imitèrent. Chez les Italiens, Cino de Pistoja s'est beaucoup occupé de la cour de l'amour. La locution : *amorosa corte* signifie la réunion de tous les amants. (Edit. de 1813, p. 26 et aussi 97, 127.) Amor riposa nella mente e là *tien corte* (p. 118), *sentenza, giudicio d'amore* (p. 29, 42) sont des expressions allégoriques. Lapogiani, autre ancien poète italien (vers 1250), s'exprime plus au long sur la cour de l'amour, *poesi del primo secolo.* T. 11, p. 125.

> Donna Poiche da voi non mi difendo
> Qui riconosca amor vostra valenza
> Se torto fate chiudavi le porte,
> E non vi lasci entrar nella sua *corte*
> *Data sentenza in tribunal sedendo.*

(1) On voit aussi le dieu d'amour convoquer en conseil les grands de son royaume pour une expédition contre dame Jalousie (vers 11005, édit. d'Amsterdam).

> Le dieu d'amours sans terme mettre
> De lieu, de temps ne de lettre
> Toute sa baronnye mande,
> Aux ungs prie, aux autres commande,
> Si que tantost ses lettres veues
> Et qu'iceux les auront receus,
> Qu'ils viennent à son parlement.
> Tous sont venuz sans tardement.

On trouve à la fin du poème un passage analogue et purement allégorique (vers 20226). Le génie envoyé par la nature harangue la *baronnye* du dieu d'amour.

Une fois qu'on se fut pris à exhumer les inimitables personnifications dont l'antiquité avait revêtu cette incisive passion,
à introduire en scène, sous le nom de la dame d'amour, une
idéalité moins saisissable, et à symboliser sa toute-puissance par
le titre de reine, dès-lors, cette idée de pouvoir judiciaire,
dont les croyances du moyen-âge faisaient l'inséparable attribut
de la royauté, était venue s'y rattacher d'elle-même.

Un seul document nous offre un tribunal d'amour, bien qu'au
figuré. C'est l'ancienne nouvelle de Florence et Blancheſleur.
Tous nos critiques s'en sont emparés ; et nul n'a remarqué que
déjà la muse latine s'était exercée sur ce sujet. Il a même fallu
que d'Arétin éditât l'œuvre classique, sans s'apercevoir de son
affinité avec la moderne (1). A en juger par le langage, celle-ci
doit avoir été composée dans le cours du XIII.ᵉ siècle ; l'autre
remonte tout au moins au commencement du même siècle, car
elle figure, dans un manuscrit de la bibliothèque de Munich,
parmi d'autres pièces du même genre, dont les récits sont
empruntés à la même époque, sans la moindre allusion à des
évènements postérieurs. Il serait toutefois impossible de faire
descendre la pièce française de la pièce latine. Certes, si le
trouvère l'avait eue sous les yeux, il ne se serait pas fait faute
d'enjoliver son imitation des fleurs mythologiques du modèle.
Au lieu de cela, il s'appuie sur le prologue d'un prédécesseur
inconnu (2), prologue que nous ne retrouvons pas dans la pièce

---

(1) La pièce française se trouve dans les *fabliaux et contes*, 1808, t. IV,
p. 354, la latine dans les Traites hist. et litt. (*Beitragen zur Geschichte und
litteratur*, 1806), VII, p. 302 ; la fin manque, mais d'après une note de
Docen dans une feuille d'Iéna (*Erganzungs-blattern der jenaïschen litter.* 1831),
p. 166, il paraîtrait que la bibl. du Vatican possède l'œuvre entière.

(2) Début :

De cortoisie et de barnaige
Ot *cil* assez en son coraige,

latine, où, sur un ton pastoral, le poète débute par l'exposé même de l'aventure :

> Anni parte florida cœlo puriore,
> Picto terræ gremio vario colore,
> Dum fugaret sidera nuntius auroræ,
> Liquit somnus oculos Phyllidis et Floræ.
>
> Placuit virginibus ire spatiatum,
> Nam soporem rejicit pectus sauciatum,
> Æquis ergo passibus exeunt in pratum,
> Ut et locus faciat ludum esse gratum.

A la pièce française se rapporte encore le fabliau d'Huéline et d'Eglantine (1); quatre remaniements divers de ce petit drame prouvent assez combien il avait la vogue.

Voici le précis de l'intrigue (2). Florence et Blanchefleur (en latin Flos et Phyllis), deux ravissantes demoiselles, aiment l'une un chevalier, l'autre un clerc ou lettré (*clercs, clericus*) : lequel des deux amants est le plus digne d'amour ? Tel est, entre ces dames, le sujet d'une altercation fort animée, chacune réclamant, pour son protégé, la prééminence de condition sociale. Finalement, elles conviennent de s'en remettre à la sagesse du dieu ou roi d'amour. Au jour convenu, nos deux rivales font une toilette des plus séduisantes.

> *Qui cest conte volt controver,*
> Que ge vos vueil ci aconter.
> En son prologe deffendi
> Cil qui parfont i entendi,
> Qui set cez vers et bien se gart,
> Qu'il nes die pas a coart.

(1) *Nouveau recueil de fabliaux et contes inédits.* Méon. I, 353.

(2) Nous nous sommes permis d'intercaler ici quelques citations. (*Trad.*)

Lor garniment riche et beax,
Onc ne veistes lor parax.
Cotes orent de roses pures,
Et de violettes çaintures
Que par soulatz firent amors.
S'orent soulers de jaunes flors
S'orent de novel esglantier
Chapieax por plus soef flairier.

Ainsi atornées, elles chevauchent vers le palais du monarque, sur palefrois plus blancs que neige et magnifiquement enharnachés.

Li frain furent à or massis,
De bel ambre sont li lorain :
Li poitrail ne sont pas vilain ;
Cloches i ot d'or et d'argent
Qui adès par enchantement
D'amors sonnent un son novel ;
Ains diex ne fist nul cri d'oisel
El mont tant com li siècles dure
Qui au clochetes féist dure.
N'est hom, tant éust maladie
S'il oist cele mélodie
Que il tantost haistiez (*guéri*) ne fust.

L'amour leur fait un accueil des plus gracieux, et convoque son baronnage, composé d'oiseaux. La question en litige donne lieu à de vifs débats; enfin le rossignol, partisan des clercs, jette son gant au perroquet, qui tient pour les chevaliers.

Lors les a fait li rois armer
Sanz plus atendre autre chose.
Lor heaume sont de passe-rose
Et lor ganbisons de soxies
Lor ventailles furent laciées
A flors de jéuvres ovrées
Et de roses orent espées.

Après une lutte acharnée, la victoire prononce en faveur du clerc, et la pauvre Florence en meurt de dépit (1).

Cette cour de justice idéale peut-elle être considérée comme l'imitation d'une cour de justice amoureuse, réelle et préexistante ? La question importe à nos recherches.

Il faut bien l'avouer, toute la marche du procès, depuis la convocation des barons jusqu'à la décision en champ clos, contredit l'idée d'un tribunal d'amour. L'auteur parodie évidemment ces cours plénières (*curiæ solémnes generales*), où le roi mandement fait des grands dignitaires de l'état et de l'église, tenait conseil sur les affaires intérieures du royaume, et réglait même, avant la permanence des parlements, les contestations privées les plus importantes. Ces assemblées avaient lieu régulièrement aux grandes fêtes de l'année et parfois dans cer-

---

(1) Le fabliau d'Huéline et d'Eglantine est au fond le même que celui de Florence et Blanchefleur, mais diffère essentiellement dans les détails. La discussion entre les deux dames y est racontée fort au long et parfois d'une manière très-plaisante.

Un clerc, dit entr'autres Huéline, qu'on n'aperçoit jamais que *rez-tondu*, ne sort de chez lui que s'il espère rencontrer un mort :

> Quant une bière voit porter
> Lors est séurs de son souper ;
> Miaux aime un mort que quatre vis (vivant),
> Toz nos voldroit avoir occis.

Et pour plaire à sa dame il ne sait que lire, chanter, et après tot ce enterrer. »

Eglantine, courroucée, répond : Un chevalier est un pauvre sire qui met ses gages en tavernes. S'agit-il d'un tournoi il emprunte force deniers; demande à sa dame :

> Sercot, o mantel, o pelice
> Vos li pretez, n'an poez mais
> Très bien savez nel' verroiz mais.

La monnaie ne dure guère, il faut se défaire du cheval. Le haubert, le heaulme ne tardent pas à aller au marché. L'épée passe au boucher en échange d'une demi-truie salée. Mais point de vin, il faut bien vendre la bride et la selle.

(Traducteur.)

taines circonstances extraordinaires. Telle la cour plénière d'Alphonse VI, de Castille, à l'occasion de la querelle du Cid et de ses gendres. (Les vieilles chansons du Cid nous en donnent une description fidèle et pleine de vie.) La procédure de ces lits de justice se réduisait le plus souvent à régler les dispositions du combat judiciaire, contre lequel l'édit répressif de saint Louis eut si peu de succès, que Philippe-le-Bel fut forcé de l'octroyer de nouveau, sauf à l'entourer de nombreuses formalités, sous le nom de cérémonies des gages de batailles.

Notre fabliau est un calque fidèle. L'amour s'est bénévolement conféré le titre de roi, le conserve durant toute la pièce, et laisse vider la querelle en champ clos. Évoquer une cour fantastique, c'était la marche dictée par la nature même du sujet. Quel juge, en effet, devait être saisi de cet érotique procès, sinon le dieu ou roi d'amour ?

Ainsi se dévoile l'idée mère de cette nouvelle, lorsque cessant de poursuivre une hypothèse hasardée, dénuée de preuves suffisantes, nous nous reportons à un type connu et moulé par l'histoire.

CHAPITRE IV.

LE CHAPELAIN ANDRÉ.

D'Arétin serait le premier panégyriste des cours d'amour, éditeur d'une suite d'arrêts extraits d'un manuscrit latin (bibliot. de Munich) ; mais il décline lui-même cet honneur en signalant deux impressions fort rares, l'une du XV.ᵉ siècle, sous le titre de : *Tractatus amoris et de amoris remedio Andreæ capellani papæ Innocenti IV ;* l'autre, de l'année **1610**, sous celui de *Erotica seu amatoria Andreæ capellani regii* (1). Raynouard découvrit postérieurement, dans la bibliothèque de Paris, une autre leçon et s'en est servi dans son traité avec talent et avantage. Nous ne tairons pas non plus combien l'anonyme de Leipsick a mérité de la science en se livrant à de laborieuses investigations sur ce merveilleux ouvrage et croyons à propos d'en donner nous-même une analyse.

L'œuvre entière peut être considérée comme une sorte d'épitome de règles salutaires aux amants, dédié à un certain Gautier, auquel l'auteur continue de s'adresser dans tout le cours du livre. Il comprend deux parties, comme l'indique déjà le titre du manuscrit de Paris : *Incipit liber de arte amandi et de reprobatione amoris ;* la seconde toutefois est traitée fort

---

(1) Il paraîtrait que le second éditeur n'avait pas connaissance de la première édition, car le titre porte :

Nunquam ante hac edita, sed sæpius desiderata. Nunc tandem fide diversorum M.-SS. codicum in publicum emissa a Dethmaro Mulhero. Dorpmundæ, typis Westhovianis, anno. UNA CASTE ET VERE AMANDA. (1610.)   *Trad.*

(1) Voyez *Beitrage zur Geschichte und litteratur.* Stück., 5 nov. 1803, p. 67.

(2) Le manuscrit N.º 8758 est le même dont nous nous sommes servi.

succinctement; l'autre se subdivise en nombreux chapitres, dont le premier, exposant les principes généraux, semble tenir lieu d'introduction. *Capitulum primum est de præfatione liber.* (1) *Quid sit amor — Qualiter amor dicitur passio — Inter quos esse potest amor — Unde dicitur amor — Quid sit effectus amoris — Quæ personæ aptæ sint ad amorem — Quo tempore consuevit amare masculus et quo femina ?* Le second et les suivants enseignent : *Qualiter amor acquiratur et quot modis.* » Nommément : « *Qualiter debeat loqui plebeius plebeiæ, qualiter* » *plebeius loqui debet nobili feminæ.* » La manière de prier d'amour une personne du même rang ou de condition différente; le tout en forme de dialogue. Mais quelle tactique faut-il employer à l'égard d'une femme qui se refuserait à l'amour par appréhension de ses tourments ? L'auteur entame ici une description allégorique de la cour du dieu, dont l'effet immanquable doit être de fléchir l'inhumaine (fol. 30, ms. Paris). On le rapporte, et le fait est vrai : au milieu de l'univers s'élève le palais de l'amour, présentant quatre faces resplendissantes des plus riches ornements, et autant de portes de la plus grande beauté. L'amour et les colléges des dames sont seuls dignes d'habiter ce palais, le Dieu s'est également réservé la porte d'Orient, mais les autres restent accessibles aux autres ordres des dames.......
Comme j'étais attaché à la personne de mon noble seigneur Robert, et qu'un jour, par une chaleur accablante, nous chevauchions avec lui et bon nombre d'hommes d'armes à travers la forêt royale de France, notre route boisée nous amena dans un lieu avenant et délectable. C'était un herbage qu'entouraient en tous sens des arbres touffus. Nous mîmes pied à terre et

---

(1) Qu'est-ce que l'amour ? — Quand est-il dit passion ? — Entre quelles personnes l'amour peut-il exister? — Quels sont les effets de l'amour? — Quelles personnes sont aptes à l'amour ? — A quel âge l'homme et la femme commencent-ils à aimer ?

laissâmes nos chevaux paître en liberté. Quelques instants de sommeil eurent bientôt réparé nos forces et nous pensâmes à rassembler nos montures dispersées (1). Tout-à-coup le chapelain se trouve seul et voit venir à lui, sur un coursier aux formes admirables, un homme couronné d'un diadème d'or. » *Aspiciens vidi hominem præcedentem et in spectabili equo atque nimis formoso sedentem, aureo dyademate coronatum.* » C'est le Dieu d'amour. Il est suivi de trois troupes d'amazones, mais chacune d'un aspect bien différent. Une dame apprend à André : que cette première cavalcade, de si magnifique apparence, comprend celles qui, pendant leur vie, ont aimé en toute convenance et ont fidèlement accompli les préceptes du maître. La seconde : celles qui avaient un cœur bannal, et la troisième, si chétive et si *minable*, celles qui trop long-temps sont restées insensibles à la voix de l'amour (2). Vient la marche du cortége vers la demeure du dieu, et la peinture de ce paradis de délices où, sous un arbre enchanté, près d'une fontaine jaillissante,

---

(1) Fertur, etenim et est verum, in mundi medio amoris constructum esse palatium, quatuor ornatissimas habens facies et in facie qualibet est porta pulcherrima valde. In ipso autem palatio solus amor et dominarum meruerunt habitare collegia. Orientalem quoque portam solus sibi deus appropriavit amoris, aliæ vero tres portæ cæteris dominarnm sunt ordinibus deputatæ....

Cum cujusdam etenim domini mei nobilis summi viri Roberti armigeri coustitutus adessem, et die quadam in æstu magno caloris per regiam Frantiæ silvam cum ipso et multis aliis militibus equitarem, in quemdam nos amenum valde locum et delectabilem via silvestris deduxit. Erat quidem locus herbosus et nemoris undique vallatus arboribus. In quem cum descendissemus omnibus equis per pascua dimissis et nobis aliquantulum sompni refectis sopore post modum vagantes festinanter quærere statuimus equos.

(2) *Le lai del trot* publié par MM. de Montmerqué et Fr.-Michel, pourrait bien avoir servi de thème à notre chapelain.

Lorois, chevalier de la table ronde, chevauchoit vers la forêt du Morois en Cornouaille :

> En la foret s'en veut aler
> Pour le rossegnol escouter.

trône la reine d'amour, le front ceint d'une couronne étincelante. Parée des vêtements les plus précieux, elle tient à la main une baguette d'or. « *Regina amoris, splendidissimam suo capite ferens coronam, et ipsa pretiosissimis sedebat vestibus ornata auream manu virgam tenens.* » Le roi pénètre dans cet Éden avec la première bande et se prosterne aux pieds de la reine, qui le serre dans ses bras. La seconde bande s'établit dans une délicieuse prairie, abritée des rayons du soleil, et la troisième dans une plaine brûlante, aride et parsemée d'épines. C'est alors que l'auteur s'approche du monarque et lui demande

---

Il allait y pénétrer, lorsqu'il vit venir une cavalcade de quatre-vingts demoiselles portant chapels de roses et d'églantine, d'où s'échappaoient les tresses

> De lor ceveus, ki sor l'oreille
> Pendent, les la face vermeille.

Elles montaient des palefrois blancs, dont le galop était plus rapide que celui du plus haut cheval d'Espagne. Chacune était suivie de son ami ; et tout en chevauchant on échangeait de tendres baisers, et l'on parolait d'amors et de chevalerie. A cette troupe d'amazones en succéda une autre qui se composait de quatre-vingts dames, absolument équipées de la même manière.

> Et .J. petit d'iluec après,
> Avoit grant noise en la forest
> De plaindre douloureusement:
> Si vi puceles dusc' a cent
> Fors d'ice foret issir.

Celles-ci avaient pour montures des roucins noirs, maigres et efflanqués, qui

> Trotaient si durement
> Qu'il n'a el mont sage ne sot
> Qui peut soffrir si dur trot
> Une lieuète seulement
> Por. XV. mile mars d'argent.

Le chevalier ne savait que penser et se signait d'étonnement. Enfin une dame lui explique que ces demoiselles qui

> .... Si grant joie font
> Car cascune selonc lui a

ses préceptes; la supplique est accueillie favorablement, mais ces dogmes sacrés, il faut qu'il s'engage à les répandre dans tout le monde, pour l'utilité et l'édification de la généralité des amants.

Incipiunt XIII amoris præcepta [Ici commencent les XIII préceptes d'amour] (1). Il en est d'autres, ajoute le roi, qu'il ne t'importe pas d'apprendre; tu les trouveras dans le livre écrit à Gauthier. « Sunt autem et alia amoris præcepta, quorum te non expediret auditus, quæ etiam in libro ad Gualterium scripto reperies. » Il dit et de sa verge de cristal réunit son monde

L'omme el monde que plus ama;

. . . .

Ce sont celes ki en lor vie
Ont amor loialement servie, etc.
Et celes ki s'en vont après
Plaignant et sospirant adès,
Et qui trotent si durement

. . . .

Ce sont celes, ce sachiez bien
C'ainc por amor ne fisent rien
Ne aine ne daignierent amer

Le poëte conclut en conseillant aux dames :

Qu'eles se gardent del troter
Car il fait molt meillor ambler.

Cette pièce, selon l'éditeur, appartient au XII.ᵉ siècle, car le trouvère Renaud y fait la distinction des Français et des Poitevins; ce ne fut qu'en 1205 que Philippe réunit définitivement le comté de Poitou à la France. (*Note du Trad.*)

(1) La bibliothèque de Wolfenbuttel possède un manuscrit du XV.ᵉ siècle, intitulé : *Demandes moult honnêtes faites par une demoiselle à un gentil chevalier, lequel lui en donne les réponses à plusieurs et divers propos.* Nous y trouvons un décalogue de l'amour, qui diffère non-seulement des XIII préceptes du chapelain, mais aussi du décalogue de Martin Franc, dans son *Champion des Dames.*

Dix commandements fait Amours à ses sergens, auxquels tous cœurs loiaulx doibvent doulcement et sans contredit obéir.

I. C'est que d'orgueil et d'envye soit exempt en tous temps.

II. La parole ne dye qui a nulley puist estre nuisans.

dispersé. Après une suite de dialogues, qui ont trait à l'amour, et dans lesquels sont posés et résolus nombre de problèmes érotiques, voici venir enfin dans le chapitre 7 (p. 91), *de amoris variis judiciis*, ces prétendus arrêts de la justice d'amour, réputés la partie prépondérante de l'ouvrage, et dans le chapitre VIII (p. *de regulis amoris*), ce corps de règle qu'on s'est plu à surnommer le livre de la loi d'amour. « J'en viens maintenant » aux règles d'amour; je tâcherai, Gautier, de te les expliquer » brièvement. On dit que le dieu d'amour les a promulguées lui- » même et les a fait consigner par écrit pour le bien de tous » les amants. » Nunc ad amoris regulas procedam. Regulas autem amoris, Gualteri, sub multa tibi conabor ostendere bre-

---

III   A toute gent soit acquointable en parlers plaisans.
IV. E toutes villonies soit par tout eschievans.
V. D'estre faitis et quointes doibt tousjours estre en grans.
VI. De honnourer toutes femmes ne soit ja recreans.
VII. En toutes compaignies sois et lyes et ioians.
VIII. Aulx villains mots ne soit hors de sa bouche partans.
IX. Soit larges aux petis, aux moyens et aux grans.
X. En ung tout seul lieu soit son cœur perseverant.

> Qui ces commans ne garde
> Secret et obéissant,
> Aux biens d'amours qu'on garde,
> Ne soit participant.

Le 10.ᵉ commandement semble en contradiction avec la doctrine du chapelain qui dit expressément : *Unam feminam nihil prohibet a duobus amari, et a duabus mulieribus unum.* Mais l'un des deux manuscrits de la bibliothèque guelfbertynienne porte *feminæ prohibetur a|duobus amari, et a duobus mulieribus unum.* Martin Franc, dans son *Champion des Dames*, réprouve également le

> Cœur qui de dame en dame saulte,
> A l'une tire, à l'autre court
> Et sans arret trompe et saulte.

Voyez Ebert. *Ueberlieferungen zur Gesch*, etc. (Tome I, p. 175).
(*Note du Trad.*).

vitate, quas ipse rex amoris ore proprio dicitur protulisse, et eas scriptas cunctis amantibus direxisse. » Il raconte alors comment ces règles d'amour sont tombées au pouvoir d'un chevalier breton, et passe au chapitre dernier, « *De reprobatione amoris.* »

On lit à la fin : Editum a magistro Andrea Reginæ capellano. Qui liber alio nomine dicitur *flos amoris.* On y cite fréquemment les saintes écritures, Donat, Ciceron, voire une sentence d'Ovide.

Quant à ce qui regarde les arrêts relatés au chapitre VII, il faut annoter que la plupart portent le nom de la dame-juge dont ils émanent. Nous lisons successivement : 1.º *Mingarda* ou *domina Narbonensis;* 2.º *Regina Alienora;* 3.º *M.* (initiale du nom) *comitissa Campaniæ;* 4.º *Comitissa Flandriæ.* Nous possédons, sous la date de 1174, une lettre de la comtesse de Champagne. Guidé par cet indice, Raynouard cherche à constater, dans le cours du XII.ᵉ siècle, l'identité de ces différentes dames et son explication est séduisante. Dans *Mingarda Narbonensis,* il reconnaît la vicomtesse Ermengarde de Narbonne (1143-1194); daus *Regina Alienora,* la reine Éléonore, unie d'abord à Louis VII, roi de France, et plus tard à Henri d'Angleterre. La *comitissa Campaniæ* serait Marie, fruit du premier hymen d'Éléonore, et qui devint l'épouse d'Henri I.ᵉʳ, comte de Champagne (1153). La comtesse de Flandre n'est pas nominativement désignée; il la tient pour Sybille d'Anjou, mariée en 1134 au comte Thierry.

Nous serions donc une fois nantis d'arrêts d'amour authentiques, rendus par des dames, dont l'histoire a recueilli les noms; partant d'un document précieux pour l'histoire des mœurs au moyen-âge.

Il nous semble néanmoins qu'on n'a pas estimé avec assez de circonspection la valeur historique de ce livre en l'acceptant tacitement et sans restrictions. Loin de pouvoir préjuger la vérité dans une œuvre aussi fabuleuse, aussi remplie de contradictions, il faut l'étayer de preuves irrécusables, car, nous le demanderons, quel garant avons-nous ici que ces soi-disant sentences judiciaires ne soient, comme ce château de l'amour, comme cette découverte des règles d'amour, une création poétique, introduite par forme d'embellissement? Suspecter leur légitimité, lorsqu'elles se présentent en pareille compagnie, c'est une méfiance qui n'a rien de déraisonnable ; mais dès-lors ne parlez plus de l'authenticité des faits contenus dans l'ouvrage; nous sommes retombés sur la pente glissante des conjectures.

Le clairvoyant éditeur du *Choix de poésies des troubadours* se fait fort, il est vrai, d'établir que l'une des dames-juges, la vicomtesse de Narbonne, aurait effectivement tenu une cour d'amour, en arguant d'un passage de l'*Art de vérifier les dates* et d'une note de Gésualdo, qui semblerait, dans son commentaire sur Pétrarque, confirmer la supposition.

Nous répondrons : l'assertion des Bénédictins est puisée dans *l'Histoire de Languedoc* (t. III, p. 89), qui l'avait empruntée à Caseneuve, lequel nous a donné une traduction erronée d'un texte provençal, où il est dit de Pierre Rogier : « e venc s'en a » Narbona en la cort de ma dona Esmengarda ; » (et il s'en vint à Narbonne, à la cour de madame Esmengarde); ce même texte a fourni la note de Gésualdo ; c'est la pierre angulaire de tout l'édifice, mais l'inscription n'y porte pas : *cours d'amour.* L'histoire nous rapporte que cette femme de noble caractère avait mainte fois aplani les différends survenus entre les grands seigneurs, présidé les tribunaux judiciaires de son vasselage, mais ne sonne mot de sa cour d'amour, bien digne cependant d'être remémorée.

Ce n'est pas tout : deux troubadours renommés, Peire Rogier et Bernard de Ventadour, célébrèrent à l'envi cette princesse et la reine Éléonore; ils énumèrent avec complaisance leurs moindres titres à l'admiration de la postérité ; d'où vient donc l'omission maladroite de si honorables prérogatives.

Une question plus pressante , c'est de déterminer l'époque où vivait l'auteur du *tractatus*, car elle doit nécessairement régler notre confiance en sa véracité.

Ici, nous voilà de nouveau dénués de documents *ad rem* , et , tâche difficile , forcés de tirer induction de l'œuvre elle-même. Raynouard , sur un passage de la *Fabricii bibliotheca latina med. et inf. æt.*, a cru pouvoir fixer l'année 1170, mais l'anonyme de Leipsich objecte avec raison que cette date repose uniquement sur la lettre de la comtesse de Champagne , insérée dans l'ouvrage sous le millésime de 1174 (1), ce qui n'indique en rien l'ancienneté de son éditeur. Pourquoi vouloir nous insinuer après cela : qu'André se trouvant nommé dans le cours du livre, on doit en inférer qu'il ne lui appartient qu'en partie et aurait été achevé postérieurement? Certes, en dépit de l'argument, la contradiction subsiste et force nous sera d'attribuer le tout au chapelain , attendu qu'à l'exception du manuscrit de Munich , les diverses leçons et impressions évidemment indépendantes les unes des autres, le reconnaissent comme leur auteur.

Une autre circonstance ferait présumer que le chapelain fleurissait dans la première partie du XIV.e siècle (2).

---

(1) Déjà Crescembini, dans ses commentaires (T. II , p. 1 , p. 148) , dit au sujet de Gésualdo : « Tutti questi scrittori anno per fondamento il codice 3204 della Vaticana, ove a car, 2 si dice, che egli fu d'Alvernia, — che ando a Narbona in corte di M. Esmengarda.

(2) Ebert déjà, dans son traité si riche de contenu, met en doute une ancienneté reculée et place le chapelain au commencement du XV.e siècle. « Car, dit-il, André s'intitule *regiæ aulæ capellanus*, et avant Charles VI il ne s'était pas tenu de cour d'amour dans une cour de roi. Il parle d'une participacion des hommes aux séances; ce qui n'avait jamais eu lieu dans les cours d'amour, antérieures à Charles VI. Enfin il cite la nouvelle d'Isotta et Blanciflore, dont la composition est antérieure au XII.e siècle. — La réponse est facile : 1.º Au lieu d'être attaché à une cour d'amour, le chapelain n'exerçait-il pas dans une cour de roi, *aula regia?* 2.º Il n'est pas démontré que les cours d'amour n'étaient composées que de femmes. 3.º Les romans de Tristan et Flos ont dévancé le XII.e siècle. Car Rambaut d'Orange, vers 1150, nomme Tristan (Rayn., II, 313), et la comtesse de Die, sa contemporaine, nomme Floris et Blancaflos (Rayn., 304.)

Attendu l'importance et la vogue du sujet, le *tractatus* devait captiver l'attention des contemporains et l'on doit s'attendre à le retrouver peu de temps après son apparition, traduit en langue vulgaire ou cité tout au moins par les poètes nationaux. Ceci paraîtra logique à quiconque connaît l'esprit de la poésie au moyen-âge. On l'a effectivement reproduit en plusieurs langues; mais, fait assez explicite, ce n'est qu'au commencement ou au milieu du XV.e siècle. La traduction italienne *Libro d'amore*, dont Crescembini (*Commentarii* VII, p. 1, p. 96) a donné des extraits, répond à 1408; celle d'Hartlieb, en langue allemande, est postérieure. Il faut noter encore une autre contrefaçon italienne qui semble avoir échappé à nos critiques : *Dialogo d'amore di G. Boccacio, interlocutori il signor Alcibiade e Filaterio Giovane* tradotto di latino *in volgare, da M. Angelo Ambrosini opera molto dilettevole. Venez.*, 1584. Nous ignorons pourquoi l'auteur a prêté l'original à Boccace, mais sa version se distingue du livre d'André par une grande érudition; et, chose remarquable, le prononcé des arrêts, réduits à 9, et dont deux sont étrangers au chapelain, est placé dans la bouche du dieu d'amour. Ces tardives imitations ne trahissent-elles pas la jeune vieillesse du modèle ?

Les règles d'amour contenues dans le chapitre VIII semblent militer également pour l'ère moins reculée de leur auteur; et n'oublions pas que, servant de motifs aux considérants des arrêts, elles partagent la même prévention d'illégitimité ou d'invention gratuite. Suivant le récit du chapelain, un chevalier breton en aurait parfait la conquête à la cour du roi Artus, et les aurait propagées dans l'univers à l'effet de servir de charte fondamentale à tous les amants. « Et dominarum plurimarum
» curia convitata prædictas regulas patefecit amoris, et eas
» singulis amantibus sub regis amoris intimatione firmiter
» servandas injunxit. Quas quidem universa curiæ plenitudo
» suscepit et sub amoris pœna in perpetuum conservare pro-

» misit. Singuli autem, qui ad curiam vocati convenerant,
» regulas jam dictas in scriptis reportaverunt; et eas per
» diversas mundi partes remotis amantibus ediderunt. » Sur ce,
l'on a pris conclusion, et ces règles, constituant en partie la
jurisprudence des arrêts recueillis par André, on les a décrétées
un tout régulier : le *corpus juris* des cours d'amour, sanctionné
en quelque sorte par la promulgation traditionnelle du roi
Artus ; et les arrêts, semblant appartenir à la période intermé-
diaire entre 1134 à 1200, sont venus témoigner à leur tour de
la haute ancienneté de ces tables de la loi. Mais une objection
péremptoire va les ramener à l'aurore du XVI.ᵉ siècle. Comment
expliquer, en effet, que les premiers chantres de la lyre
romane n'invoquent jamais ce droit canon de l'érotique si universellement répandu ; bien plus, qu'ils n'y fassent jamais
allusion ? D'où vient que ces arrêts ne fournissent pas un seul
terme d'application à ces tribunaux d'amour, que nous avons
rencontrés plus haut dans la poésie provençale ? D'où vient que
Ramon Vidal ait recours aux maximes des troubadours ? tout
simplement de ce qu'elles n'étaient point encore élaborées.

Ouvrons le Roman de la Rose de Guillaume de Lorris (vers
1250), et notre hypothèse sera corroborée à souhait. L'amant
s'adresse au dieu d'amour (vers 2072):

> Sire, fis-je, pour Dieu mercy,
> Avant que vous partez d'icy,
> *Vos commandemens m'enchargies*
> . . . .
> Le dieu d'amours lors m'encharja,
> Tout ainsi que vous orres ja ;
> *Mot-à-mot, ses commandemens*
> Comment le dient les rommans.

Encore un poète qui ne veut rien savoir de ce code du roi
Artus, si célèbre de par le monde et qui vous renvoie aux principes généraux de la doctrine contenus dans les romans ; et de fait
les commandements énoncés par l'amour dans cette occurrence

n'ont aucune analogie avec ceux de la tradition bretonne. Ainsi, que l'on demande ces règles d'or, aux poètes antérieurs au XIVme siècle et dont les productions se meuvent absolument dans la même sphère d'idées ? De toutes parts une réponse significative et tout à notre avantage, le silence. Plus tard il en est autrement, car dès 1404, apparaît l'imitation allemande.

Il faudra s'y résoudre, et qu'elles soient ou non l'œuvre du chapelain André, rapporter ces règles d'amour, ensemble le livre qui les contient au XIVme siècle (1). Alors prédomine réellement et se manifeste de cent manières la croyance en une loi d'amour positive. Alors, aussi, défilent en masse ces allégoriques cortéges du dieu d'amour. Tel celui décrit dans le traité et qui nous a reporté mainte fois au triomphe d'amour de Pétrarque (2).

----

(1) Il faut admettre que les *regulæ amoris* ont fait scission d'avec le *tractatus*, et ont eu leur existence à part, individuelle. Cerlne, leur traducteur allemand, ne semble pas avoir eu connaissance du traité. (V. Busching et Vanderhagen, *Grundriss*, Esquisses.) Du Cange, dans son glossaire, mentionne : *Britonis militis regulæ amoris* comme un écrit isolé, indépendant.

(2) En preuve de notre impartialité, nous donnons en regard de nos conjectures un passage historique, le seul qui se trouve dans le manuscrit de Paris (fol. 21), il semble jeter quelque lumière sur l'époque de l'existence de notre auteur. « Rex » est in Ungaria intensa plurimum habens crura simulque rotunda, prolixos » æqualesque pedes, et omnis fere decoris specie destitutus. Quia tamen nimium » morum invenitur probitate fulgere, regalis coronæ meruit suscipere gloriam, et » per universum pene mundus (sic) ejus resonant præconia laudis. »

Nous ne mettons pas en doute que ce portrait n'ait en vue Louis-le-Grand, dont les hauts faits remplirent toute l'Europe, ce qui ne pourrait se dire de tout autre roi de Hongrie. Les chroniques hongroises contiennent même une allusion à sa difformité. Nous lisons dans Joh. von Thwrocz, *Chronica Hungarorum*, p. III, cap. 54. « Fuit autem homo competentis proceritatis, oculis elatis, labiosus et » aliquantulum in humeris curvus. » Le chroniqueur en dit moins, il faut donc attribuer le reste aux exagérations de la renommée dans un temps où les documents étaient de tradition orale. Louis régna de 1342 à 1382, conséquemment à l'époque que nous assignons au chapelain.

Une idée se fait jour dans cet ouvrage, c'est celle d'un ordre de l'amour, dont les membres sont tous les vrais amants et dont le dieu ou roi d'amour sera considéré comme l'invisible grand maître.

Le type semblerait être l'ordre de la chevalerie ; de là sans doute ces expressions de : « *in amoris militia, exercitu militare, in castris militare amoris, amoris milites* (1). Lors de sa réception, le chevalier faisait vœu d'obéissance à certains statuts; notre auteur ne se contente pas, à l'instar des poètes, d'enseignements généraux à l'usage des amants; mais il rédige un formulaire en trente et un articles; et comme on exigeait pour conférer l'ordre sublime, et la noblesse d'extraction et la virilité, il détermine dans son chapitre : « *Quæ personæ aptæ sint ad amorem ;* » l'âge et les qualités requises dans l'aspirant à l'ordre de l'amour. De part et d'autre, il faut, un noviciat, une initiation aux pré-

---

Note communiquée. Depuis la publication de notre traité sur les cours d'amour on a retrouvé plusieurs manuscrits du *tractatus*, à savoir : 1.º dans la biblioth. ambrosienne ; 2.º dans celle de Wolfenbuttel : 3.º dans celle de Leipsick. Millin, dans son *Voyage dans les départements du midi de la France*, avait déjà cité une leçon qui se trouvait à Aix en Provence. Eh bien! de toutes ces leçons diverses il n'en est pas une qui remonte au-delà du xiv.ᵉ siècle.

(1) Il n'est guère admissible qu'André soit redevable de cette idée à Ovide qui, en maint endroit, nomme déjà l'amour une sorte de milice. C'est plutôt chez lui réminiscence des métaphores employées par l'ancienne poésie romane. Dans le poète romain ce n'est qu'une comparaison. (*Ars amat.*, ii, 233.)

> *Militiæ species* amor est, discedite segnes :
> Non sunt hæc timidis signa tuenda viris.
> Nox et hyems longæque viæ sævique dolores
> Mollibus his castris, et labor omnis inest.

Ovide a consacré toute une élégie au développement de cette idée.

> Militat omnis amans, et habet sua castra Cupido,
> Attice, crede mihi, militat omnis amans, etc.

ceptes de la doctrine. N'en doutons pas ; le chapelain voulait que son livre, nommé dans le manuscrit de Paris *Flos amoris*, fût vénéré comme l'arche dépositaire des dogmes érotiques. Quelques citations pourront éclairer le lecteur.

Dans un des dialogues, l'interlocuteur conseille à l'amant qui tomberait en désaccord avec sa bien-aimée d'en appeler aux préceptes de l'auteur (Fol. 54, manuscrit de Paris). « Nam ea » cecus sine dubio continetur et amens, quos ab amoris curia » penitus esse remotos, amatoris Andreæ aulæ regiæ Capellani » evidenter nobis doctrina demonstrat. »

Ailleurs, sans prendre garde à la contradiction flagrante, une des dames-juges, la comtesse de Flandre, invoque ce même livre d'André qui se trouve rapporter l'arrêt qu'elle va prononcer : « Vir iste, qui tanta fuit fraudis machinatione versatus, utrius– » que meretur amore privari, et nullius probæ feminæ debet » ulterius amore gaudere, cum impetuosa in eo cernatur regnare » voluptas, quæ amoris est penitus inimica, ut in capellani doc- » trina melius edocetur. »

« Cet homme, doué d'une aussi astucieuse malice, doit perdre l'amour de toutes deux et que nulle honnête femme ne lui accorde désormais ses bonnes grâces ; car il a fait preuve de cette volupté effrénée qui est pour ainsi dire ennemie de l'amour, comme on l'apprend plus au long dans les enseignements du chapelain. »

L'anonyme de Leipsick voudrait pallier l'anachronisme : » La comtesse, dit-il, avait sans doute en vue l'un des commandements d'amour dont le chapelain est l'auteur, bien qu'on ne puisse lui attribuer la totalité du *tractatus* qui ne fut complété que plus tard. »

Mais, nous l'avons démontré plus haut, on ne saurait refuser à André la propriété de l'œuvre entière.

D'ailleurs, il faut aussi tenir compte de l'expression *doctrina*. Est-elle employée dans le sens de la loi d'amour ? Nullement, vous liriez : *præceptum, regula, norma amoris.* Doctrina ne signifie pas autre chose qu'enseignement; telle est son unique acception sous la plume de notre écrivain. Il est donc manifeste que *doctrina capellani* désigne le traité, c'est-à-dire le manuel des amants. En effet, dès la première page on y discute déjà cette proposition : « La volupté met-elle empêchement au véritable amour ? »

Ce n'est point ainsi qu'on tranchera le nœud gordien et nous en conclurons de deux choses l'une : ou l'arrêt de la comtesse de Flandre est entièrement supposé; ou il est de la façon de l'éditeur. Peu soucieux du contre-sens, il voulait que les expressions qu'il prêtait à la dame-juge vinssent mettre en relief un de ses préceptes et lui donner sanction.

Quant à l'authenticité des arrêts, on a fait sonner bien haut le jugement rendu en toute forme, c'est-à-dire avec indication du jour et de date, par la comtesse de Champagne.

Une particularité qu'on semble avoir négligé met à nu le caractère apocryphe de ce rescrit.

Le chapelain donne à ses leçons la forme d'entretiens, les interlocuteurs étant tour à tour des hommes et des femmes de diverses conditions. Naturellement ces dialogues, pures fictions, ne peuvent être de quelqu'autorité dans un cas donné. Dans l'un de ces colloques, un homme et une femme de la classe noble se posent le dilemme suivant : « Le véritable amour peut-il exister entre personnes non mariées ? » Les deux antagonistes ne s'accordent pas : puisqu'il en est ainsi, observe André, à la place du gentilhomme, voici, Gauthier, ce que vous auriez à répondre : (fol. 55). « Arbitrem (1) super hac discordia plena sit vobis con-
» cessa potestas. Verum tamen non masculi sed feminæ volo

---

(1) Nous continuons à donner textuellement le manuscrit, en n'y faisant que les rectifications indispensables, toutefois nous changeons l'*e* en *æ* lorsqu'il est final.

» stare juditio, cui mulier, si vobis placet, mihi videtur Cam-
» paniæ comitissæ super hoc honeranda negotio ac discordia
» sopienda. Cui sic respondeas : hujus per omnia judicium pro-
» fiteor in perpetuum stabilito tenore servare et illibatum penitus
» custodire, quia de ejus sapientiæ ac judicii recto libamine
» nullus unque recte poterit dubitare : » *Utriusque igitur nos-*
» *trum concensu ac voluntate scribatur epystolá littis (id est* Litis)
» *demonstrans tenorem et compromissionem in eam factum*
» *significans.* » Autrement dit : Vous devez en référer à une
dame-juge, soit la comtesse de Champagne, lui faisant promesse d'obtempérer pleinement et à toujours à sa décision.
Vous lui adresserez donc ensemble une lettre qui contienne et
votre différend et votre adhésion à sa sentence. Vient effectivement la lettre donnant le résumé du débat et la réponse de la
comtesse.

Certes, deux lettres faisant suite à un dialogue imaginaire, ne
doivent être qu'une fable de plus ajoutée dans le but de faire
intervenir dans une discussion ardue un arrêt imposant. Pré-
tendra-t-on que les deux lettres ont fourni l'occasion du dialogue, il faudra convenir encore que de la manière dont on
nous les présente, tacitement assimilées à des conférences pseu-
donymes, elles ne laissent pas de conserver une physionomie
fort équivoque.

Nous croyons avoir suffisamment justifié nos doutes, au prononcé réel de ces arrêts d'amour. Reste à savoir s'ils ont été
imaginés ou simplement retravaillés par le chapelain ? — Pro-
blême qui se refuse à une solution complète. Les apparences,
toutefois, sont contre la seconde hypothèse. Si l'auteur les avait
simplement façonnés aux proportions de son cadre, ils devaient
dériver de quelque source écrite. On conservait par écrit les
arrêts en matière d'intrigues amoureuses ; l'affaire de Guillaume
de Berguedan et de sa bien-aimée en est un exemple ; mais il
est peu croyable qu'on ait pris la même peine pour les arrêts

en matière de questions amoureuses, simples passe-temps de société. Ceux d'André rentrent presqu'intégralement dans cette dernière catégorie. D'ailleurs, quel fortuné hasard l'aurait rendu possesseur de ces feuilles disséminées, sans nous en transmettre une seule, alors que nous voyons les compilateurs de la poésie occitanienne (et plusieurs de nos dames-juges étaient provençales) enregistrer scrupuleusement toute strophe enfant perdu d'une lyre princière. Les a-t-il composés ? Supposition plus vraisemblable. Il importait dès lors à ses fins de les replacer sous le prestige du passé, et de les attribuer nominalement à des dames dont la finesse d'esprit, le dilettantisme poétique, étaient certainement encore un vivant souvenir.

Bien que ce livre accuse plutôt la fiction que la réalité, il n'est pas absolument dénué de valeur historique. Ainsi on peut, sans hésiter reconnaître, dans les tribunaux d'amour qui s'y rencontrent, une coutume en vigueur au temps du chapelain, c'est-à-dire au XIVme siècle, attendu qu'il en parle constamment comme d'un fait notoire, et qu'en fût-il autrement, son langage eût été quelque peu inintelligible à ses contemporains. Dans le dialogue précédent (la requête épistolaire à la comtesse de Champagne), il s'exprime sur l'opportunité d'élire un juge comme sur un moyen conciliateur qui s'offrait de lui-même : *Arbitrem super hac discordia nominandi plena vobis sit concessa potestas.* La plupart des arrêts rapportés ne sont, au fond, que des réponses aux questions proposées, c'est-à-dire aux subtilités de la théorie érotique (1) ; — un jeu dont nous avons rendu

---

(1) Exemp. Quidam ergo ab eadem domina postulavit, ut ei faceret manifestum, ubi major sit dilectionis affectus, an inter amantes, an inter conjugatos, cui eadem domina philosophica consideratione respondit. Ait enim : Maritalis affectus et coamantium vera dilectio penitus judicantur esse diversa, et ex moribus omnino differentibus suam sumunt originem, et ideo inventio ipsius sermonis equivoca actus comparationis excludit, et sub diversis facit eam speciebus adjungi. Cessat

compte. Dans d'autres il est difficile de décider si le cas était soumis par les parties intéressées ou , ce qui est plus probable en soi , par l'entremise d'un tiers (1).

Somme toute , il y a donc peu d'exemples que les amans soient venus en personne exposer leurs griefs et entendre la sentence du juge (2).

Mais ce qui rend le *tractatus* plus particulièrement remarquable , c'est cette première apparition de cours d'amour ou mieux de réunions de société où l'on donne des décisions sur des intrigues amoureuses ; et nous le répétons , nous sommes fondés à y voir un usage du temps d'André : attendu qu'il en présuppose toujours la connaissance au lecteur. » Præterea si ob aliquam causam ad *dominarum* devenerint amantes *judicia* ,

---

enim collatis comparandi per magis et minus inter res equivoce sumptas , si ad actionem , cujus respectu dicuntur equivoca , comparatio referatur (f. 94.)

Est-ce entre amants ou entre époux qu'existent la plus grande affection , le plus vif attachement ? Jugement d'Ermengarde de Narbonne.

L'attachement des époux et la tendre affection des amants sont des sentiments de nature et de mœurs tout-à-fait différentes. Il ne peut donc être établi une juste comparaison entre des objets qui n'ont pas entre eux de ressemblance et de rapport. (Ray., traduct. libre, t. II. p. CVII-CVIII.)

(1) Cum domina quædam sive puella idoneo satis copularetur amori, honorabili post modum conjugio sociata , suum coamantem subterfugit amare, et solita sibi penitus solatia negat. Sed hujus mulieris improbitas Mingardæ Nerbonensis dominæ taliter dictis arguitur. Nova superveniens fœderatio maritalis recte priorem non excludit amorem , nisi forte mulier omni penitus desinat amori vacare et ulterius amare nullatenus disponat. (Fol. 94.)

Une demoiselle , attachée à un chevalier par un amour convenable , s'est ensuite mariée avec un autre ; est-elle en droit de repousser son ancien amant et de lui refuser ses bontés accoutumées ?

Jugement d'Ermengarde. La survenance du lien marital n'exclut pas de droit le premier attachement , à moins que la dame ne renonce entièrement à l'amour et ne déclare y renoncer à jamais. (R. , t. II , p. CVIII.)

(2) Miles quidam dum cujusdam dominæ postularet amorem, et ipsum domina penitus renueret amare, miles donaria quædam satis decentia contulit , et oblata mulier alacri vultu et avida mente suscepit. Post modum vero in amore nullatenus mansuescit ; sed peremptoria sibi negatione respondet. Conqueritur miles quasi

amantium personæ nunquam debent judicantibus indicari (1).

Toutefois on se formerait une idée fort exagérée de ces cours, en se figurant des cours judiciaires dans le sens actuel du mot. Ces *judicia* ou *curiæ dominarum* ne sont, à vrai dire, que des réunions fortuites d'invités où l'on débattait avec l'enjouement d'un badinage de société, plutôt qu'avec un sérieux judiciaire, des questions d'amour et des querelles d'amants. Telles qu'André nous les dépeint, on y chercherait vainement ces formes juridiques qui permettraient de les considérer comme de véritables tribunaux. On s'y garde soigneusement de tous les termes de citation, compétence, appel, prise de corps, significations et autres rubriques judiciaires. L'ouvrage n'en contient pas une syllabe.

---

mulier amore congruentia suscipiendo munuscula spem sibi dedisset amoris, quam ei sine causâ conatur aufferre. His autem taliter regina respondit : aut mulier munuscula intuitu amoris oblata recuset, aut suscepta munera compenset amoris, aut meretricum patienter sustineat cœtibus aggregari (fol. 97).

Un chevalier requérait d'amour une dame dont il ne pouvait vaincre les refus. Il envoya quelques présents honnêtes que la dame accepta avec autant de bonne grâce que d'empressement ; cependant elle ne diminua rien de sa sévérité accoutumée envers le chevalier, qui se plaignit d'avoir été trompé par un faux espoir que la dame lui avait donné en acceptant les présents. Jugement de la reine Éléonore.

Il faut, ou qu'une femme refuse les dons qu'on lui offre dans des vues d'amour, ou qu'elle compense les présents, ou qu'elle supporte patiemment d'être mise dans les rangs des vénales courtisanes. (R., cxvi.)

(1) Voici l'arrêt qui se rapporte à ce passage :

Miles quidam, dum pro cujusdum dominæ laboraret amore, et ei non esset penitus oportunitas copiosa loquendi, secretarium sibi quemdam in hoc facto de consensu mulieris adhibuit, quo mediante, uterque alterius vicissim facilius valeat agnoscere voluntatem, et sua ei secretius indicare, et per quem etiam amor occultius inter eos possit perpetuo gubernari. Qui secretarius, officio legationis assumpto, sociali fide confractâ, amantis sibi nomen assumpsit, ac pro se ipso tantum cœpit esse sollicitus. Cujus præfata domina cœpit inurbane fraudibus assentire, sic tandem cum ipso complevit amorem, et ejus universa vota peregit. Miles autem pro fraude sibi factâ commotus Campaniæ comitissæ totam negotii seriem indicavit, et dum ipsius et aliarum dominarum nefas prædictum postulavit humiliter judicari, et ejusdem comitissæ ipse fraudulentus arbitrium collaudavit.

7

L'on a prétendu que ces cours étaient uniquement composeés de dames. Voici qui répond victorieusement : « Et dominarum » plurimarum atque *militum* curia convitata. » Quoi de plus naturel que les chevaliers prissent part active à des entretiens, dont le charme ne pouvait qu'être rehaussé par le rapprochement des deux sexes. Toutefois le vote était, ce semble, exclusivement dévolu aux femmes.

Il est possible et même vraisemblable que cette coutume ait devancé le chapelain dans la France proprement dite; mais cette question ne se laissant guère aborder corps à corps, il sera plus prudent de la rattacher à l'époque même où il vécut. Qu'elle se soit naturalisée en Provence, c'est ce que dément le silence absolu des poètes occitaniens.

Comitissa vero, sexagenario sibi accersito numero dominarum, rem tali judicio diffinivit : Amator iste dolosus, qui suis meritis dignam reperit mulierem, quæ tanto non erubuit facinori assentire, male acquisito fruatur amplexu si placet, et ipsa tali digne fruatur amico, uterque tamen in perpetuum a cujuslibet alterius personæ maneat segregatus amore, et neuter eorum ad dominarum cœtus vel militum curias ulterius convocetur, quia et ipse contra militaris ordinis fidem commisit, et illa turpiter, et contra dominarum pudorem in secretarii consensit amorem. (Fol. 97.)

Un chevalier aimait une dame, et comme il n'avait pas souvent occasion de lui parler, il convint avec elle que, par l'entremise d'un secrétaire, ils se communiqueraient leurs vœux. Ce moyen leur procurait l'avantage de pouvoir toujours aimer avec mystère. Mais le secrétaire, manquant aux devoirs de la confiance, ne parla plus que pour lui-même, il fut écouté favorablement. Le chevalier dénonça cette affaire à la comtesse de Champagne, et demanda humblement que ce délit fût jugé par elle et par les autres dames. L'accusé lui-même agréa le tribunal. La comtesse, ayant convoqué auprès d'elle soixante dames, prononça ce jugement :

Que cet amant fourbe, qui a rencontré une femme digne de lui, jouisse s'il le veut de plaisirs si mal acquis, puisqu'elle n'a pas eu honte de consentir à un tel crime ; mais que tous les deux soient, à perpétuité, exclus de l'amour de toute autre personne ; que ni l'un ni l'autre ne soient désormais appelés à des assemblées de dames ; à des cours de chevaliers, parce que l'amant a violé la foi de la chevalerie, et que la dame a violé les principes de la pudeur féminine lorsqu'elle s'est abaissée jusqu'à l'amour d'un secrétaire. (R. CXVIII.)

CHAPITRE V.

ÉNUMÉRATION DES OFFICES D'UNE COUR D'AMOUR.

Le seul document susceptible d'établir l'existence de ces *cours d'amour formellement constituées*, et qui s'obstinent à se dérober, jusqu'à présent, à nos recherches, parut, en 1773, dans l'*Histoire de l'académie des inscriptions et des belles-lettres* (t. VII, p. 287). *Notice d'un manuscrit de la court amoureuse.* Ce manuscrit contient le nom et les armoiries d'environ cinq cents personnes, formant une corporation qui a nom : *court amoureuse.* Les premiers feuillets manquent, et le manuscrit débute par une énumération des plus illustres seigneurs de France, Bourgogne, Flandre et Artois, dont on ne saurait préciser les charges à la cour amoureuse; la perte du commencement nous privant de cette indication. L'éditeur les regarde comme les chevaliers de la cour. Viennent alors deux grands veneurs; 188 trésoriers des chartres et registres; une suite d'auditeurs parmi lesquels un maître de théologie; des chanoines de Paris, Tournai, Cambrai, St.-Omer. Maintenant comme conseillers de la cour : 59 *chevaliers d'honneur* tous nobles d'extraction; on y distingue Eustache de Grécourt, grand-fauconnier de France, mort en 1415; 52 *chevaliers thrésoriers :* de ce nombre, un changeur et un bourgeois de Tournai; 57 *maistres de requestes* qui comprennent des chanoines de Tournai, Paris et Lille; 52 secrétaires, en partie chanoines de Laon et chapelains de Tournai; 8 substituts du procureur-général, de ce nombre : un abbé de Tournai, un chanoine de Lille; 4 *concierges des gardins et vergiers amoureux* et 10 veneurs.

On ne saurait attaquer l'authenticité de ce titre; en revanche, il s'élève de très-graves objections contre l'emploi qu'on en veut faire, attendu qu'il ne contient aucune donnée sur la juridiction des offices énumérés. L'éditeur nous dit reconnaître, à certains noms historiques, que la tenue de cette cour d'amour correspond environ à l'année 1410 ; que l'on sait, d'ailleurs, combien une semblable institution devait être du goût de Charles VI et de sa femme, Isabeau de Bavière ; bref que le factum aurait trait à la cour d'amour de ce prince.

A l'égard de cette dernière, il ne nous est point parvenu de document positif, et les nombreux historiens dont on fait montre n'ont pas d'autres pièces justificatives que notre manuscrit.

Admettons maintenant qu'on ait érigé, sous Charles VI, une société dite *court amoureuse,* et dont les différents offices se trouveraient consignés dans le rôle en question. Certes, le nom est bien loin de déterminer la chose ; et serons-nous tenus de reconnaître une véritable cour de justice dans une assemblée, bizarre aggrégation d'éléments disparates, et dont les membres, pour la plupart dignitaires ou bourgeois de villes éloignées, ne devaient résider à Paris qu'accidentellement. Il serait incompréhensible que l'histoire n'eût pas enrichi ses annales d'un fait si mémorable.

Disons-le : cette *court* n'est qu'une mise en scène de la cour allégorique de l'amour ; conséquemment un jeu de circonstance. Le nord de la France aimait de passion ces sociétés, ces pompes burlesco-solennelles (1), pourquoi la cour plénière, ou le lit de justice de l'amour tant de fois cité, décrit par les poëtes, n'aurait-il pas eu son tour de représentation ? On peut le con-

---

(1) Il suffira de rappeler la feste du forestier à Bruges, du prince de Plaisance et du prince de l'Estrille, à Valenciennes, du roi des ribauds, à Cambrai, du prévost des étourdis, à Bouchain, et dans beaucoup d'autres lieux celle de behourts. *(Traducteur.)*

jecturer à bon droit, le cortége aura figuré plus d'une fois dans ces *puys d'amour*, injustement réputés cours d'amour, mais dont la juridiction esthétique reste incontestable, et s'exerçait encore dans le cours du XV.ᵉ siècle et même plus tard. Martin Franc, d'Arras, un des poètes les plus considérés d'alors, leur décocha maint trait satirique dans son *Champion des Dames;* mais ses mordantes descriptions n'en jettent pas moins une vive lumière sur ces institutions qui n'avaient pas encore été convenablement illustrées. Voici comme il a caricaturé les membres de ces sociétés dont le président portait le titre de *prince d'amour* (Voyez Goujet, *Bibl. française*, t. ix, p. 215):

> Pour amours balladent et riment,
> Leur hault engin tout y employent,
> En celle estude leurs jours liment,
> La toute vertu y desployent,
> Au service d'amours s'employent
> Comme cil fut omnipotent,
> Mal font quant ils ne se reployent
> Contre lui, qui est impotent....
>
> *Maistre prince* pour présider
> En son *puis amoureux* se met,
> Ou deubt s'esjouir et présider
> Qui de sens plus grant s'entremet,
> Moult de bien annonce et promet,
> Faites rimes, dictez, farsez,
> Labeur aux amoureux commet,
> Qui enfin s'en treuvent farsez....
>
> Ils font rondeaux, ballades, lays,
> En telles rimes amours louent,
> Non pas tant seulement les lais,
> Mais plusieurs clercs à ce se vouent,
> Le prince en son puis tout avout,
> Tous avouent son sacrifice.
> Merveilles est, que les yeux clouent
> Ceux qui ont de pugnir office (1).

---

(1) Il s'agit certainement ici des marqueurs, qui, les yeux fermés, vérifiaient la quantité des vers dont on faisait lecture.

> Va-t'en aux festes à Tournay,
> A celles d'Arras et de Lille,
> D'Amiens, de Douay, de Cambray,
> De Valenciennes, d'Abbeville,
> La verras-tu des gens dix mille
> Plus qu'en la forêt de Torfolz,
> Qui servent par sales, par villes
> A ton dieu le prince des folz.

Si cette citation ne réussit pleinement à sanctionner notre croyance aux représentations allégoriques de ces sociétés, il suffirait de rappeler, sous la garantie de l'histoire, une coutume bien connue d'Aix, en Provence. Le roi Réné, de Sicile, créa, pour l'embellissement de la procession de la Fête-Dieu, l'emploi d'un prince d'amour, sans parler des intendants et officiers de suite. Cette institution remonte au milieu du XVe siècle, s'est perpétuée jusqu'à l'année 1791, mais n'offre en rien le caractère d'une cour d'amour : c'était un jeu de fête emprunté sans doute au puys d'amour du nord de la France (1).

Il serait donc possible qu'on eût imaginé une fête du même genre pour récréer la noire mélancolie du roi Charles VI, et que cette kyrielle de bourgeois de Tournai, Lille, St.-Omer et Cambrai, qui se trouvaient à Paris, ou qu'on y avait fait venir, fussent appelés, comme adeptes de l'art, à contribuer *consilio*, *manuque* au divertissement. En quoi consistait-il ? en scènes mimiques ou dialoguées ? C'est ce qui reste irrésolu. Toujours est-il que rien n'autorise à reconnaître ici une cour d'amour dans le sens identique du mot. Une dissertation critique sur les réunions poétiques du nord de la France, que faciliteraient d'ailleurs les essais de nos devanciers, comblerait une lacune sensible dans l'histoire de la poésie, et serait un travail digne de reconnaissance.

---

(1) Il y eut un prince d'amour à Tournai.

CHAPITRE VI.

POÈTES POSTÉRIEURS AU XIV.ᵉ SIÈCLE.

LES ARRÊTS DE MARTIAL D'AUVERGNE.

En aucun temps, la poésie française ne fut plus entichée de l'allégorie que durant le XV.ᵉ siècle. Cette fièvre durait encore sous Marot et même après lui. Aussi tout ce qui prétendait enfourcher Pégase, s'empressait-il de payer tribut à la déesse du jour. On personnifia la quintessence des idées abstraites, on décrivit : *la cour de l'honneur, le château des vertus, le royaume du bonheur* ou celui *de la mort, le tribunal de la justice et de la raison;* mais surtont, on l'aura deviné, *le paradis, la cour* ou *le château de l'amour.* On peut citer en preuve Froissart, Alain Chartier, Charles d'Orléans, Martin Franc, Olivier de la Marche et une foule d'autres. Mais qu'on ne s'imagine pas saisir, dans ces bas-reliefs de la cour de Cupidon, un reflet des cours d'amour; ce n'est là qu'un trait caractéristique de la tendance particulière de l'esprit du temps. Veut-on une cause en dehors ? ouvrez ce roman de la Rose, tant prôné, si universellement lu et relu: voilà la souche de tous les rameaux de l'arbre poétique. Nous allons passer en revue les productions capitales dans le genre allégorique et badin.

Le père de Louis XII, Charles d'Orléans, nous a laissé, dans son legs poétique, deux pièces que l'on a envisagées : l'une, comme son admission en cour d'amour; l'autre, comme sa mise en retraite (1); dans la première : *Jeunesse* le conduit à la cour

---

(1) De Paulmy, *Mélanges tirés d'une grande bibliothèque,* t. IV, p. 242. Von Aretin, p. 52. Les deux pièces se trouvent dans les *Poésies de Charles d'Orléans.* Paris, 1809, p. 1 et 278. De Paulmy, p. 244, prétend que Valentine

de Cupidon et de Vénus, *Bel Accueil* vient le recevoir et l'introduit en présence du dieu. Sur l'ordre de ce dernier, *Beauté*,

> Mes yeulx prindrent fort à la regarder
> Plus longuement ne les en peû garder
> Quant beaulté vist que je la regardoye
> Tost par mes yeulx un dard au cœur m'envoye.

---

de Milan tenait une cour d'amour. Il ne s'agit là que de la coutume si connue du jour de la St.-Valentin. Une société des deux sexes se réunissait, et le sort désignait à chaque cavalier une dame qu'il devait servir pendant un an. Voy. Goujet, *bibl. française*, IX, 266. Charles d'Orléans fait mainte allusion à cet usage, et qui ne se rappellera d'ailleurs le chant d'Ophélie ? *(Note de l'auteur.)*

Est-il besoin d'ajouter la jolie fille de Perth ? L'usage de la Saint-Valentin se retrouve en mainte localité, mais avec modification. Ainsi à Gand, en Flandre, nous croyons nous rappeler que le mardi de la Pentecôte est le jour destiné à se choisir une belle, (bonne amie) pour le reste de l'année. A cet effet, l'on se promène le long du canal de Bruges, les candidats féminins sont nombreux et séduisants, le choix est difficile ; mais quand on est fixé, il ne s'agit plus que de se faire comprendre. On s'approche de l'objet préféré et on lui marche sur le pied !...

Aux bords du Rhin, on procède autrement. Il est, non loin des sept montagnes, sur la rive gauche du fleuve, un mont conique surmonté d'une ruine des plus pittoresques, le Godesberg. Ce nom ne signifie pas montagne de Dieu (*Gott* Dieu, *berg* montagne), encore moins montagne des juifs, ainsi que se l'est imaginé lord Byron (notes au *Child-Harold*), induit en erreur par la prononciation locale. (*Jiodesberg*, *juden* juif.) *Godesberg* = *Wodenesberg* = *Gotansberg* = *Vadanimons*, = *Vaudemont*, *mons Mercurii*, mont de *Mercure*.

La veille du 1.er mai, la jeunesse masculine de Godesberg tient séance au cabaret. On proclame la liste des jeunes filles. L'orateur fait valoir leurs qualités physiques et morales, et les met successivement aux enchères. On paie comptant ; le produit de la vente est converti en rafraîchissements, et à minuit, nos Valentins, dispos et bien lestés, se rendent dans la forêt voisine. Ils en reviennent munis chacun d'un sapin, et à la première aurore, le mai se balance gracieusement sous les fenêtres de la Valentine. Le soir, bal. L'adjudicataire est le danseur de droit. On peut, il est vrai, faire la cruelle, mais alors ni valses ni galops ce soir-là ! Nulle beauté rhénane n'est capable d'un tel sacrifice. Certaines jeunes filles, ou ci-devant jeunes, peu favorisées de la nature, n'obtiennent pas d'enchères. Jadis on leur érigeait une sorte de monument funéraire. Mais les mœurs s'adoucissent ; cette épigramme est supprimée. L'usage, au surplus, règne dans toute la vallée de l'Ahr, véritable petite Suisse, où Lessing et autres paysagistes de l'Académie de Dusseldorf, viennent étudier la sauvage nature et sabler le chaleureux *ahrbleichart*, un émigré de la Bourgogne. *(Traducteur.)*

Puis elle lui enseigne le décalogue de l'amour dont il est obligé de jurer l'observance. Enfin le dieu, *pour seurté, retient son cœur en gage*, et fait expédier lettre-patente terminée par ces vers :

> Donné le jour de saint Valentin martir
> En la cité de gracieux desir,
> Ou avons fait nostre conseil tenir.
> Par Cupido et Venus, souverains,
> A ce présent plusieurs plaisirs mondains.

Dans la seconde pièce, l'*Age mûr* lui apparaît et le somme de se démissionner du service de l'amour. Charles, à son réveil, écrit une requête au dieu et la lui présente :

> Quand vint à la prochaine feste,
> Qu'amour tenoit son parlement.

On le délie de sa promesse et on lui restitue son cœur, accompagné d'une lettre de congé :

> Le jour de la feste des morts
> L'an mil quatre cent trente sept,
> Au chastel de plaisant récept.

Il serait superflu de démontrer le sens figuré de ces deux poésies, déjà réputées telles par leurs imitateurs, Octavien de St.-Gelais, dans sa *Chasse d'amour*, où l'on retrouve entre autres le décalogue de Charles d'Orléans, et Blaize d'Auriol dans *la Départie d'amour*.

Nous rangerons dans la même catégorie le quatrième chapitre du *Champion des dames* (1) de Martin Franc (vers 1440) intitulé :

---

(1) Au moyen-âge, dit Ebert, on a ergoté de bonne heure pour et contre les femmes. Toutefois l'attaque n'était pas aussi sérieuse qu'on pourrait le croire à la lecture des manifestes. Le roman de la Rose n'avait pas ménagé les termes, et la satyre latine contre le mariage, d'un certain *Matheolus*, ne fut guère plus galante.

*De la noble et grant court d'amours et des dames et seigneurs,
lesquelz y sont continuellement en joye et en soulas.* Les conseillers de cette cour sont des hommes : le rôle des dames se
borne à danser (selon Ebert, p. 76). De plus, une pièce dans le
*jardin de plaisance; le parlement d'amour contre la dame sans
mercy* (p. 89, édition de Lyon), vraisemblablement en affinité
avec la pièce allemande : *der Frau Venus, Konigin der Minne,
Gericht über einer Frauen Hertigkeit* (Jugement de la dame
Dureté, par Vénus, reine d'amour), de l'an 1378. (Voyez
Wilkens, *Geschicht der Heidelb. bucher Sammlung* (Histoire de
la biblioth. d'Heidelberg), p. 404. Ebert tient également pour
allégorique la nouvelle : *Erzahlung von Frau Venus und ihrem
Hof im Venusberge.* (Récit de la dame Vénus et de sa cour sur le
mont Vénus.) Ainsi que le *libro di natura d'amore* (1525), par
l'historien de Mantoue, Mario Equicola. — Parmi les poésies
anglaises du genre, n'omettons pas la plus ancienne et la plus
remarquable : la *Cour d'amour*, par Chaucer, 1338—1400 : *The
court of love.* Voyez *Campbell's specimens of the british poets*,
vol. II, p. 15. Chaucer était un des nombreux admirateurs du

On sait qu'à la demande de son auteur, Jean le Fèvre de Térouanne la traduisit en
vers français. (Lavallière, cat., part. II, p. 255.) Ce dernier toutefois trouva bon
de désavouer son œuvre, en publiant un *Rebours de Matheolus ou résolu en
mariage.* Mais d'autres plumes s'aiguisaient. Martin Franc lança son *Champion
des dames*, et Christine de Pisan, avec un véritable esprit de corps, lui répondit
(1403) par sa *Cité des dames.* Il y eut encore un vengeur anonyme de l'honneur
féminin qui écrivit : *Contredit de Matheolus, appelé le livre de leesce, contenant
l'excusation pour les dames, leur honneur et prouesse.* C'est un homme qui a
beaucoup expérimenté en sa vie ; quelques revers peu récréatifs n'ont diminué ni
sa bonne humeur ni son intérêt pour un sexe que Matheolus seul pouvait appeler
l'autre. La bibl. de Wolfenbuttel possède le manuscrit. (Parchemin du XV.ᵉ siècle,
défectueux au commencement, 5, manuscrit Aug. 4. Voyez Ebert Ueberlieferungen etc., t. I, p. 165, 166.)

Il y aurait encore beaucoup à citer. *L'évangile as-femes, — li epystiles
des femes, — le blastange des fames, — le blasme des fames, — le bien des
fames.* Voyez Jubinal, *Trouvères et jongleurs.*   (*Traducteur.*)

roman de la Rose, qu'il traduisit même en anglais. On ne saurait en douter ; ce livre était devenu l'Hypocrène du Parnasse romantique ; Chaucer et les autres puisèrent à la source.

Exempte d'allégorie, mais qui n'en reste pas moins une œuvre fictive, c'est l'assignation intentée par quelques dames au célèbre Alain Chartier , comme prévenu d'avoir inculpé le sexe féminin dans la *belle dame sans mercy ;* ensemble la justification du poète inculpé ; le mandat porte : *donné à Yssoldun , le dernier jour de janvier, Katherine, Marie, Jehanne* (peut-être la fille de Charles VI). Ebert, au traité duquel nous empruntons ce passage , en induit qu'Issoudun , en Berry , était le siège d'une cour d'amour, tout en avouant que la sommation pourrait bien n'être qu'un badinage. Rien ne s'oppose à ce qu'elle ait été réellement signifiée, mais au sérieux, cela ne se demande pas, car la défense n'est elle-même qu'un plaidoyer imaginaire par-devant la cour de ces dames.

Nous voici maintenant en regard d'un véritable monument : le fameux recueil d'arrêts d'amour de Martial d'Auvergne , avocat au parlement de Paris, qui fleurissait dans la seconde moitié du XVe siècle , et s'était acquis une double renommée comme poète et jurisconsulte. Ces arrêts se distinguent déjà en ce qu'ils sont intégralement revêtus des formes judiciaires. Martial copiait évidemment la procédure du parlement en permanence depuis Philippe-le-Bel. De là, les juges ecclésiastiques entremêlés aux séculiers ; de là, les jugements sur appel d'instance. S'il s'écarte de son modèle, c'est uniquement par l'addition d'assesseurs féminins. Les conseillers sont titrés *gens d'amour ;* les juges de la première instance sont très nombreux : on y voit *le marquis des fleurs et violettes d'amours , le prévost d'aulbespine, le maire des bois verdz , le viguier d'amour en la province de beaulté.* Parfois comparaissent à la barre des personnages allégoriques, tels que *la mort , danger , dépit , calomnie.* Les peines consistent d'ordinaire en amendes pécuniaires , bannissement du royaume d'amour, confiscation de biens, châtiments corporels (1); il y est même question de marquer les délinquants, ou de leur couper la langue.

Peu d'écrits contemporains ont été plus fêtés; les éditions se pressent; l'ouvrage est encore réimprimé en 1713; les imitations pullulent; bref, un profond jurisconsulte, Benoît Lecourt, entreprend d'illustrer le texte, et ses vastes commentaires, mettent toutes les sciences à contribution. Ce qui fait dire à son panégyriste :

> Quidquid enim rhetor, medicus, jurisque peritus,
> Philosophus, vates, Curtius unus habet.

Les écrivains français prisent le style et l'esprit de Martial, qui semblerait, au reste, avoir pleinement satisfait aux exigences du temps; mais pour nous, critiques modernes, c'est une saveur peu attrayante.

La stricte observance des formes judiciaires, joint à cela l'explanation d'un savant jurisconsulte; voilà ce qui a entraîné quelques enthousiastes au point d'affirmer que Martial avait tiré ses arrêts des actes mêmes d'une cour d'amour, assertion qui n'accuse pas seulement une ignorance complète de la littérature française au XV.ᵉ siècle, mais, il faut en convenir, tout aussi peu de discernement. Les critiques éclairés, tels que Raynouard, Ebert, opposent une dénégation formelle, cela s'entend de reste; mais d'Aretin et quelques autres les supposent ex-

---

(1) Et condemne la court le dict amant deffendeur pour réparation du dict cas à estre dépouillé tout nu, et ordonne, qui luy sera en cest estat baillé et délivré par le bourreau à quatre vieilles chamberières d'Estuves, pour le très bien venner dedans une vieille coutre, prinse de prisonniers, ou d'autre vieille couverture, plaine de poux et de vermine. Et cela faict, le condemne à estre jecté tout nu en un champ plein d'orthies et des chardons. Et au surplus le bannist à toujours du royaulme d'amours et du service des dames, en déclarant tous et chacun ses biens confisquez. Édit. de Paris, 1544.

traits des poésies des chantres d'amour provençaux, opinion qui ne s'est point accréditée. Pour nous, nous y cherchons vainement un seul trait caractéristique qui puisse militer en faveur de leur identité, voire le dire de l'auteur, qui croit devoir leur donner un cadre poétique (1), ou celui du commentateur qui termine en disant : *sed jam satis juvenes lusimus, parce, bone lector.* N'est-ce pas avouer implicitement que son élucubration n'est qu'un scientifique badinage ? Que dire de la procédure de cette jurisprudence ? Pour ne citer que ces personnifications allégoriques, cette surabondance de degré d'instance, cette formidable pénalité et autres non—sens, n'est-ce pas le cachet d'un véritable produit de l'imagination ? Que dire enfin du langage de la littérature contemporaine ou postérieure, qui ne termine ses imitations dictées par une inspiration badine, ou leur intitulé, qu'en posant l'œuvre entière en manière de facétie littéraire ? (2)

Mais, demandera-t-on, y aurait-il une arrière—pensée au fond de ce livre si singulier, ou l'auteur n'a-t-il voulu qu'égayer les loisirs de ses lecteurs ? Nous lui prêterons volontiers une intention morale. Il cherchait à stigmatiser certaines méséances trop ordinaires aux amants, telles que la prodigalité, la fureur de la mode, les médisances, les inconvenances qui se glissaient à

---

(1) Le prologue et l'épilogue sont en vers. Voici le début :

> Environ la fin de septembre,
> Que faillent violettes et flours,
> Je me trouvay en la grand chambre
> Du noble parlement d'amours,
> Et advint si bien qu'on vouloit
> Les derniers arrêstz prononcer,
> Et qu'à cette heure on appelloit
> Le greffier pour les commencer.

(2) Voyez Goujet, Bibl. franç., T. x, p. 44; et le Traité de Von Aretin, p. 55 et suivantes.

l'ombre des jeux de sociétés, le mercurisme galant de quelques
moines et autres abus marchant à la suite de l'amour. Rappe-
lons-nous que par ses autres écrits, Martial prenait rang parmi
les moralistes.

Enfin, le roman de Guillaume de Cabestaing nous reproduit
encore une vision de cour d'amour. On y reconnaît le double
emploi des entretiens de société du chapelain André, et des
formes judiciaires de Martial. L'auteur néglige d'indiquer ses
sources, et par là même, nous dispense de le croire sur parole.
D'ailleurs, le manuscrit qu'il aurait traduit ou retravaillé ne
remonterait nullement à une époque reculée, mais bien à l'ère
de Martial. Peut-être aussi que ce roman n'est autre chose que
la biographie des poëtes provençaux dont Mauni nous avait
déjà donné l'original (dans son *istoria del decamerone di C.
Bocc. Firenze,* 1742.), refondue, amplifiée par notre auteur et
notamment enrichie d'une cour d'amour.

En traitant du chapelain André, nous avons conjecturé que
cet écrivain vivait dans le cours du XIV.e siècle, et que pour
autoriser ses principes érotiques, il avait qualifié de nom de
cours de dames *(dominarum curiæ)* certains passe-temps de
société en usage de son temps. Cette coutume était tombée en
désuétude au XV.e siècle; ou du moins le fil de continuité nous
échappe; car le roman de Cabestaing n'est pas une autorité, et
la pièce d'Alain Chartier nous laisse dans l'incertitude. Le surplus du contingent poétique ne nous offre que des imitations
éloignées de l'ancienne allégorie de la cour de l'amour, et n'a
aucune portée historique.

Nous le rappelons, en terminant; ce traité n'est autre qu'un
examen des témoignages qui ont trait aux cours et aux tribunaux d'amour. Si nos jugements, si nos interprétations n'ont
pas pleinement réussi à dissiper tous les doutes, du moins ont-
ils mis en évidence la faiblesse des hypothèses qui ont prévalu
jusqu'à ce jour; hypothèses qui préconisent un pouvoir judi-

ciaire primitivement dévolu aux femmes, et postérieurement aux hommes, sans parvenir à démontrer l'identité d'une pareille institution. Tout se réduit, d'une part, à la coutume de soumettre les querelles d'amants à l'arbitrage de quelques personnes, de l'autre, à s'exercer, dans les cercles de société, aux subtilités d'esprit. Voilà ce qui séduit plus ou moins par de faux semblants de cours d'amour. Nous avons pris à tâche de soulever le voile et de faire entrevoir l'affinité secrète de ces apparitions du passé.

APPENDICE.

N.º 1.

ROMANCE DU TROUBADOUR BERTOLOMÉ ÇORGI.

Manuscrit 7225, Bibl.-royale, à Paris.

L'autrier quant mos cors (1) sentia
Maint' amoroza dolor,
Anav' enquerren la flor,
Don podi' esser garritz,
E trobei un' amairitz
A l'ombraill d'un abadia,
Qu'a son amic prometia,
D'azemplir tot son talan ;
Mas apres non passet gaire,
Qu'ela ill fetz dol e maltraire,
E aquel (2) diz en ploran :
« Hei, amors, dreg non consen,
» Qu'om jutj' autrui a turmen,
» Si razos l'en pot deffendre,
» Perque us avetz fait (3) gran tort :
» Quar ses ma razon aprendre
» Vos m'avetz jutjat a mort,

---

(1) Cors manque. — (2) Quel. — (3) Faitz.

Nota. Nous avons conservé soigneusement l'orthographe des textes originaux, et seulement rectifié en note les fautes flagrantes. — Cette pièce a été publiée par M. de Rochegude, dans le Parnasse occitanien. Nous croyons le texte donné par M. Dietz, infiniment plus correct.　　　　　(*Traducteur.*)

» Sol quar ma dompna vol dir,
» Qu'a razon taing, qu'eu dei aissi morir.

Mas quant cel, qui-s complaignia,
Faig avia sa clamor,
Respondia ill voz d'amor :
« Amanz, qui-m fai jutjairitz,
» Au jutjar segon qui ditz :
» Quar hom jutjar non deuria
» Mas segon so qu'entendia ;
» Perqu' aisi us anei jutjan,
» Quar re non auzi retraire,
» Don me pogues dreg estraire,
» Poisqu'eu n'auzia'l deman.
» Mas era voill a prezen
» Revocar lo (1) jutjamen,
» E vos domn'e lui entendre ;
» Perque us vos (2) man e us recort,
» Que vos deiatz razon rendre,
» Perque us l'aziratz tan fort,
» Poisqu'el s'en vol escondir,
» Qu'eu en dirai mon veiair' (3) al fenir. »

Don l'amairitz respondia :
» Amors, trop fai gran follor,
» Qui descon sa dezonor (4).
» Mas car est (5) falz descausitz
» Vol que sos tortz si' auzitz,
» Gaire non lo y celaria :
» Quar pieg de mort y esclairia,
» Tan fort s'azauta d'enjan,
» Qu'on hom mais vol s'onor faire,

---

(1) Le. — (2) Pléonasme, peut être aussi faute de copiste. — (3) Veiar. — (4) Dozonor. — (5) Estz.

» Et el plus li vol atraire

» Desplazer, ant et afan ;

» E si fon e mi parven,

» Qu'eu li fis don avinen,

» E malgrat d'autrui reprendre

» Jauzis maint plazent conort,

» Et el en fetz brui estendre,

» Qui-m tolc solatz et deport,

» E—m fez maint enveill (1) auzir

» De cels, cui dei per razon obezir. »

E l'amanz s'en (2) escondia
Dizen : « Amors, janglador

» Solon virar joi en plor

» Entr'els flacs amanz voutitz,

» Mas entr'els ferms afortitz

» No y degran aver baillia,

» Perque lurs vils janglaria

» Non deuria tener dan ;

» Pois ancse fui fis amaire,

» E car d'amar be no-m vaire,

» Non degr'anar sospechan

» Cil, qui-m deignet far jauzen,

» Qu'eu fezes descelamen,

» Don pogues dol e mal prendre,

» Et ieu dan e desconort,

» Mas si vol mon dreg comprendre,

» Posqu'ab gran mensueign' (3) en tort

» Pod hom brui a greu chauzir,

» Si non es faig ab devinanz eissir (4).

E l'amairitz redisia :

» Amors, pauc a de valor

---

(1) Dialectique au lieu d'enueg. — (2) En manque. — (3) Au lieu de mensogn. — (4) Peut être cossir.

» Lo (1) dreg d'aquest amador,
» Sitot vas me contraditz,
» Qu'el m'es tan d'al re faillitz,
» Qu'escondir no s'en poria (2),
» Qu'aisi com cel, qui volia
» La main, sol quar vic lo gan,
» Volc l'engres fals engeingnaire (3),
» Sol car deignei debonaire
» Son voler (4) seguir ugan,
» Pueiar contra mon talan (5),
» E'n far faig descovinen,
» Ben qu'el no i pogues atendre,
» Que non fos faig a mal port,
» Mos pretz e m'onors deissendre;
» E car sos cors pres acort,
» De voler m'aisi trazir,
» Gardatz, si taing que us lo deiatz aucir.

E l'amans après disia :
Amors, totz hom q'am (6) honor
Deu dir ver a son seignor,
Si ben hy es sos (7) dreg petitz
Quar seingner non es chauzitz,
Si merces non l'omelia;
Perqu'eu non contradiria,
Q'adonc (8) no-m sobrec d'aitan
La beutatz de la bellaire,
Qu'es d'onor e de pretz maire,
Que no m'amava penzan,
Mas de penre jauzimen
Non ges contra s'onramen (9),
Anz li posc a dreg contendre,

---

(1) Lor. — (2) Au lieu de poiria. — (3) Engeingnare. — (4) Voletz. —
(5) Talen. — (6) An. — (7) Ses. — (8) Adon. — (9) Soiramen.

Qu'anc cor non portei ni port,
Qu'auzes s'onratz (1) escoisendre,
E que—m pogr'aver estort,
Ses dampnage, de martir,
Si vostre dreg m'agues volgut seguir.

E pois ab teu cosentia
La domn'a son servidor,
Qu'el jutjars fos entre lor
Escoutatz et hobezitz (2),
Don la votz a l'auziritz,
Qu'a jutjar lur plag avia,
Comencet dir : bel' amia,
« L'amor d'aquest vostr' aman
» Conpres ai e'l vostr' afaire,
» Perqu'us dic al mieu veiaire,
» Qu'en vos anar descelan
» No i agues de faillimen,
» Mas en sobrier pensamen
» Hi regn' alques de mesprendre,
» Cui taing que perdon aport
» L'afanz, qu'es pres en atendre
» Patz del vostre dezacort;
» Don voill, que us deia servir,
» E que us deiatz son servizi grazir. »

Mas apres lo (3) jutjamen
Chauzi lur chaptenemen (4),
E vi l'un de l'autre prendre
Joi e solatz e deport,
Don m'atrais, per mieil comprendre

Lur alegrier, jost' un ort,
On auzei tal frug colhir,
Qui-m fetz irat empero (1) desjauzir.

Noms verais, ie' us fatz presen
Del plag e del jutjamen,
Quar cela'l fassatz entendre,
Cui tostemps inz el cort port,
E car mi fassatz aprendre,
S'a leis par, que hy agues tort,
El jutjamen a dreg dir,
Ni en voler la sentenz' obedir.

----

(1) Empo.

N.º 2.

NOUVELLE DU TROUBADOUR RAMON VIDAL DE BEZAUDUN.

Paris, manuscrit 2701, Biblioth. roy.

En aquel temps c'om era jays,
E per amor fis e verays,
Cuendes e d'avinen escuelh,
En Lemozi part Essiduelh
Ac un cavayer mot cortes,
Adreg e franc e ben apres,
E en totz afars pros e ric (1).
E car ades son nom no us dic,
Estar me fa so car no'l say,
E car jes en la terra lay
Non era dels baros maiors,
Perque son nom non ac tal cors,
Com a de comte o de rey :
Car el non era jes, so crey,
Senhor mas d'un castel basset....
E membra-m be, qu'en aquel temps,
Qu'el cavalliers fon pros aissi,
Ac una don'e (2) Lemozi
Rica de cor e de linhatje,
E ac marit de senhoratje
E d'aver ric e poderos,
Mot fo'l cavayer coratjos,

---

(1) Ricx. — (2) e au lieu de en.

Que seley amet per amor,
E la dona, que de valor
Lo vi aital e de proeza,
No y esgardet ane sa riqueza,
As lo retenc lo premier jorn :
Qu'En-Bernart dis de Ventadorn :
« Amor segon ricor no vay. »
E no us pessetz vos doncx de lay,
Que cant se tenc per retengutz,
Que no foi pus apercenbutz,
E pus pros, que d'abans non era,
Si fo, e de mellor maniera,
Plus larcx e pus abandonatz :
Car bon amor fug als malvatz.

Il continue sur ce ton, rapporte la contestation entre les dames, enfin :

El jutjamen es autreiatz
Per abdoas, si co yeu say,
Ad un baro pros e veray
De Cataluenha, mot cortes,
E s'ieu no y falh per so nom, es
N-uc de Mataplan' apelatz.
Aiso fo lay, qu'el temps d'estatz
Repairava e la sazos
Dossas, e'l temps fos amoros.
On s'espan ram e fuelh e flors.
E car no y par neus ni freidors,
Ades n'es l'aura pus dossana.
E'l senher N-Uc de Mataplana
Estet suau en sa mayzo,
E car y ac mau ric baro,
Ades lay troberatz manjan
Ab gaug ab ris et ab boban

Per la sala e say e lay ,
Per so car mot pus gens estay,
Ac joc de taulas e d'escacx
Per tapiz e per almatracx
Vertz e vermelhs, indis e blaus.
E donas lay foron suaus,
E'l solas mot cortes e gens ;
E sal m'aisi dieus mos parens,
Com yeu lay fuy aicela vetz ,
Qu'intret aqui un joglaretz
Azautz e gens e be vestitz,
E non parec mal issernitz
Al perparar denan N–Ugo ,
A qui cantet manta chanso
E d'autres chauzimens assatz,
E cascus, tan s'en son pagatz,
Tornet a son solatz premier ,
E el remas ses cossirier,
Aisi com coven al sieu par,
E dis : Senher N–Uc, escotar
Vulhatz estas novas, que us port.
Vostre ric nom, que no volc tort
Mas dreg , segon c'a mi es vis ,
Venc ab tant e nostre pays
A doas donas, que–m trameton
A vos, e lur joy vos prometon ,
E lur mezeyssas per tostemps.
E car no son ab vos essems,
No-covenirs las ne atura.
Lo fait e' tota l'aventura ,
Qu'entre las doas donas fon ,
Vos ai dit yeu, e tot l'espon
Tot mot e mot a plananem ,
Ni con queron lo jutjamen
E sobre tot en son falhir,
Car lurs noms no vuelh descobrir,

Per c'om los pogues (1) apercebre:
El Senher N-Uc, que anc dessebre
No volc si ni autre un jorn,
Estet un pauc ab semblan morn,
Non per sofraita de razo,
Mas car ades aital baro
Volon estar suau e gen.
Al revenir estet breumen,
Cant un pauc se fon acordatz,
E dis : s'ieu soy pros ni prezatz
Ni aital com tanh a baro,
Per las donas que aisi so,
Segon que-m par, aperceubudas,
E car lur son razos (2) cregudas
Aitals, ses lur vezer m'es grieu.
Vos remanretz a nueg et yeu
Al bo mati aurai mo sen
E mon acort, perqu'ieu breumen
Vos deslieurarai vostr' afar.
Aisi fon fait, e si comtar
Vos volïa'l solas, que tut
Agron ab lo Joglar lanut,
Semblaria vana promessa.
El bo mati aprop la messa,
Can lo solelh clars resplandis,
Mon Senher N-Uc, per so car fis
Volc esser, venc en un pradet
Aital co natura'l tramet,
Can lo pascor ven gais ni bels,
E car no y ac loc pus novels,
E anc no y volc autre sezilh,
Ni ac ab luy payre ni filh

---

(1) Pogres. — (2) Signifie ici contestation de droit.

Mas me e'l Joglaret qui fom.
Aisi seziam denan luy, com
Seziam eras denan vos.
Mot fo lo tems clar e joios
E l'aura dos e'l temps (1) seres.
E'l Senher N-Uc aisi com es
Ricx e cortes cant vole parlar,
A dig, a sos ditz comensar,
Al Joglaret : » Amic, vos es
 » Vas mi vengut per so car pres
 » Vos es, a far vostres messatjes ;
 » Mas a mi vensera coratjes
 » A far un aital jutjamen,
 » Per so car en despagamen
 » Venon ades aital afar ;
 » Mas non per tal, per so car far
 » Aital castic val entr'els pros,
 » Vuelh, que-m portes a las razos,
 » Que m'aves dichas, mo semblan.
 » Vos, per so car n'avetz coman,
 » Segon que avetz dig, dizetz,
 » Qu'en Lemozi per so car pretz
 » Volc aver un pros cavayer
 » Adreg e franc, pros et entier
 » Ad obs d'amar e cabalos,
 » E car amor adutz mans pros
 » E mans enans seluy qu'es fis,
 » Amet una dona el pays,
 » Auta d'onor e de paratje ;
 » E la dona, que (2) son coratje
 » Conoc e son fag paratjos,
 » Volc li sofrir per so qu'el fos

---

(1) Seres. — (2) Quen.

» Amicx e servire tot jorns,
» E'l cavayer, car anc sojorns
» No fon ben amar ses jauzir,
» Volc a son temps son joy complir,
» E a si dons trobar merces.
» Mas, segon c'ay de vos apres,
» Esquivat li fon malamen,
» E ai retengut eyssamen,
» Com la donzela l'amparet,
» Ni com la dona l'apelet;
» May el no volc a lieys tornar,
» Perqu'ela'l dis, car anc camjar
» Volc lo coratje, messongier
» Ad obs d'amar e cor leugier
» E camjador e plen d'enjan.
» E la dona, que en bayzan
» L'a retengut, ditz enemiga,
» Per so car el'era s'amiga....
» Perqu'en dirai segon mon sen,
» Vas cal part esta bona letz.
» Vos sabetz be, amicx, que dretz
» Es una cauza mot lials »,
» Mas si be s'es sens naturals
» E la melhor cauza del mon,
» No'l pot aver en son aon (1)
» Ses mot auzir e mot proar,
» Ni saber no-s pot acostar
» Ad home ses mot retener.
» E per so yeu, car anc valer
» Non poc anc res mens d'aquestz dos,
» Vuelh vezer tostemps homes pros

---

(1) Un substantif rare de Aondar, comme cossir de cossirar; il signifie aide, secours.

Et aver ab me , so sapchatz.
Et ai estat en cort privatz,
Et de donas mot pus vezis,
Per so car sabers n'enantis,
Et en razos soi entendutz,
E son m'en ja mans bes vengutz,
Et enquer n'esper atretans.
E sel que dis, que fis amans
Non deu seguir mas voluntatz (1),
Aiso dig, que es forsenatz,
Perqu'en diray so qu'en retrays
Peire Vidal, que aisi es :
» Vers es, c'aman pot hom far nessies »
E mant assay fol e fat e leugier,
Mas yeu no vey, c'a nulh autre mestier
Volha tan chauzimen,
Sol c'om no-s tir vas falsa volontat.... »
Sabetz, per c'an perdut poder
Mant aymador en domneyar :
Per so car no sabon amar,
Ni als aver mas voluntat,
E perdon so, c'auran selat
VII ans, en I jorn o en dos.
E'l cavayer adreg e pros,
Que tan servi ses gazardo,
Et ab tot aiso non li fo
Sufert, mas esquivat mot fort,
Non deu aver nulh son acort
Ni son cor doptos al tornar,
E deu aisela mot amar,

---

(1) Comme Matfre Ermengard dans le *breviari d'amor* (*Manusc.*)

Bona fin' amors , so sapchatz :
Non es als mas quan voluntatz.

» Que l'amparet en aital loc.
» E la dona, sela, qu'el moc
» Aital pantais ses autr' esgart,
» Non ac ges saber a sa part,
» Perqu'el notz, perqu'eras s'en dol.
» Volrian dir mant home fol
» E donas peguas, que si ac,
» Mas per assay volc son cor flac
» E ferm saber enqueras mais.
» Non es sabers aitals assays,
» Mas folia say entre nos :
» Sabers es, c'om sia ginhos
» Segon que-s tanh a cascun fag
» Ses malmenar e ses agag
» Segon qu'el fag meteys promet ;
» May cant hom mais ni mens y met,
» Ven a dan e non es sabers,
» Falhic la dona, so es vers,
» Qu'el cavayer acomjadet
» Aisi vilmen, c'anc no y gardet
» Sen ni saber per obs qu'el fos.

Le troubadour explique ici fort au long comment l'amour ne peut exister sans merci, et poursuit :

Amors, segon qu'ieu trop alhors
E en mi meteys, non es als
Mas ferms volers (1) en oms lials,
Ni vers amic ses bo voler,
Perque us o dic, per so car ver
No sai ni puesc en ver proar,
Que la dona volgues peccar

---

(1) Ferms e volers.

Ab san amic mas sol en dig,
E a vos aug son escondig
Comtar, e sai c'amor non es
Mas ferm voler cortes
Ni vers amicx ses ben amar,
Perqu'ieu vos dic que perdonar
Fay a la dona son falhir
Segon amors, pus penedir
Vol sos braus ditz ni emendar,
E maiormen car anc camjar
No volc alhors son cossirier.
A l'autra dig, qu'el cavayer
Emparet aisi belamen,
Non l'es blasmes per so car gen
Si es menadu tro aisi,
E membre'l anc per bona fi
No venc mas be ni fara ja,
Et enquer may li membrara,
Si bona via vol seguir,
So qu'En-Bertran (1) dis al partir
De lay on fon gent aculhitz :
« E sel que mante faizitz.
Per honor de si meteys,
E'n fa bos acordamens,
A (2) sol los afizamens. »
Car sofracha sembla de sens
A dona, que pren autr'amic :
Perque'l prec, e'l cosselh e'l dic,
Absolva'l cavayer ades.
E s'il aisi co hom engres
S'esta de si dons a tornar,
Jeu dic per dreg c'acomjadar

---

(1) Bertran de Born. — (2) Ab.

Lo deu sela, que l'amparet,
Per so car anc bos no semblet
Vas amor amic ses merce
Ni vans, ni-m par bona, so cre,
A son fag sela que (1) vol far
Vas si dons son amic peccar,
Ni, pus fait (2) emenda, li te.
Aisi-m parti, e per ma fe
Anc no vi pus cortes joglar,
Ni que mielhs saupes acabar
Son messatje cortesamen.
Estiers ai auzit veramen,
Qu'el jutjamen fon atendutz
Ses tot contrast, perque mans drutz
N'esta plus sufrens vas amors.

---

(1) Quel. — (2) Au lieu de fai.

N.º 3.

JUGEMENT D'UN ANONYME.

Manusc., Paris, 2701, Bibliot. royale.

De far un jutjamen
Son en gran pensamen,
Cossi puesc'avenir
Endreg d'amor a dir :
Car mot se deu pensar
Qui a amors vol jutjar
Dins el coz de preon,
Qui que bos sens l'aon.
Sens m'aond'e mezura (1),
Perqu'ieu dirai drechura,
E ren ne grsns merces
Al melhor de las (2) III;
Car si res als no-m fay,
Ditz, que mos bes li play,
Perque yeu jutjaray
En aisi co s'eschay;
C'om qu'el sapcha entendre,
Res no y poira mesprendre.
Guilhelm de Bergueda
Ditz, que sa dona 'l fa

---

(1) Nous conjecturons : ses maon de mezura. (2) Ce seraït bien Los. Le passage est obscur.

9

So que no'l degra faire,
So es ad el veiayre.
E la don' eyssamen
Ditz mot be e mot gen,
Que non li a neleg,
E que li-n fara dreg.
Acordatz son abduy,
Que un no s'en defuy :
So que yeu en diria
Fos tengut totavia;
Qu'En Bergueda se clama
De sa dona que ama,
E a lonc temps amada,
Servida et onrada
Pauca, e can fon grans,
L'amor doblet II tans,
Car fo bela e pros
E d'avinen respos.
Venc li merce clamar,
Que li des un baizar,
Don el fos pus verays
E pus pros e pus jays;
Can lo vis al venir,
O sivals al partir.
Det li don d'agradatje,
E pres son omenatje,
E segon so qu'el ditz
Ac be (?) II, complitz
Del baizar tenezon,
So ditz en sa razon,
Et amatz, co-s razona,
La dona bel'e bona.
Ben ditz, qu'en sa efansa
Vene a lieis ses doptansa,
E qu'el baizar li ques,
E no'l li nega ges

Les vingt-quatre vers suivants sont illisibles. A la fin on
déchiffre, non sans peine :

> Qu'el dô.... fass 'esmenda,
> E qu'el baizar li renda,
> E veus dreg e lauzor
> Segon costum d'amor,
> Que nulh fin amador,
> No-s deu partir d'amcr.

LILLE. — Imprimerie de L. DANEL, Grande-Place.

www.ingramcontent.com/pod-product-compliance
Ingram Content Group UK Ltd.
Pitfield, Milton Keynes, MK11 3LW, UK
UKHW022307070726
13614UKWH00002B/595